SEYVOZ

SEYVOZ

MAYLIS DE KERANGAL
& JOY SORMAN

éditions inculte

JOUR I

Il pense au lac de soufre du Kawah Ijen. Il se souvient de la jeep devant l'hôtel à deux heures du matin, l'air glacé de la nuit asiate, le trajet chaotique jusqu'au pied du volcan, le café dans les timbales en fer-blanc autour du brasero, les voix fines des guides javanais, puis l'ascension, la température qui se réchauffe à mesure que le soleil se lève, les premières silhouettes qui descendent de la montagne sur les sentiers étroits, ployant sous le poids des blocs de soufre maintenus dans des sacs à dos de fortune, l'odeur piquante et âcre des émanations de gaz, et enfin, donc, apparu au terme d'une nuit de marche, ce lac brûlant, toxique, dans lequel il ne fallait surtout pas tomber sous peine d'être dissous comme dans un bain d'acide.

Devant lui, le lac de Seyvoz est bien de ce même bleu opaque, d'une même luisance mate, et propageant cette même impression de liquide épais, stable. En surface, il remarque des auréoles plus sombres qui, c'est bizarre, ne correspondent pas au relief autour du lac mais semblent projetées depuis les profondeurs. Il plisse les yeux, tente de faire coïncider ces ombres, leurs emplacements, leurs contours, aux lignes du paysage, mais rien ne s'ajuste.

Tomi Motz a roulé depuis Paris, sept heures à vitesse constante au volant d'une Passat grise floquée Voltang sur les portières, il est seize heures et il est bien au rendez-vous. D'une main machinale, il éclate l'opercule d'une Nicorette au fond de la poche de son jean, la gobe et commence à mâcher tête renversée vers les crêtes montagneuses qui encerclent la retenue de Seyvoz. Les cimes sont blanches encore, éblouissantes, mais les flancs cérusés, austères, la roche brute, couleur d'acier frotté, maculée de plaques herbeuses à mesure que l'on descend les pentes et que s'efface le monde minéral. Tomi s'étire puis inspire à fond, cambré, les paumes plaquées sur les reins, le ventre écrasé contre le parapet de béton, il gonfle les poumons, siphonne les moindres particules atmosphériques, se frotte les mains, subitement content d'être là quand depuis Paris cette mission à Seyvoz, mordant sur le week-end, ressemblait à une punition – Million l'avait appelé la veille d'une voix assise, une voix qui avait les pieds sur un bureau et pivotait distraitement dans son fauteuil, une voix si basse que Tomi s'était concentré pour suivre le cours de sa phrase, prenant appui sur les rares mots audibles comme on traverse le gué d'une rivière en posant le pied sur des cailloux : « Seyvoz », « maintenance des installations », « contacter Brissogne ».

Seize heures onze. L'espace est silencieux, la route qui couronne le barrage est vide, seul un épervier de grande envergure plane au-dessus du lac, décrivant des cercles dans le ciel pur. Tomi ne connaît rien aux oiseaux de montagne, ne saurait distinguer un tétras-lyre d'un aigle royal mais commence lui aussi à tourner en rond entre le parapet du barrage et la Passat qui refroidit, troublé de ne pas voir apparaître Brissogne, lequel lui a pourtant envoyé dans la nuit un message outrant l'aridité professionnelle : rv barrage 15h, cldt CB.

Nouveau coup d'œil à sa montre, où la grande aiguille ne bouge plus. Tomi tapote le cadran, le presse contre son oreille, écoute, rien, sort son portable, seize heures seize, il espère un message de Brissogne lui signalant un problème, un retard, et par là même s'excusant, mais son téléphone ne capte rien. Tomi pivote, oriente l'appareil dans toutes les directions, agacé : la centrale électrique de Seyvoz, soit le plus important site producteur d'électricité de la nation, serait donc une poche de territoire sans couverture réseau, une zone blanche.

Combien de temps a-t-il encore attendu sur ce barrage de haute montagne, la mandibule douloureuse à force de mâcher ces saloperies de gommes qui ne remplaceraient jamais la Marlboro qu'il a tant aimé fumer ? L'épervier insiste en altitude, carroyant la surface du lac, mais l'œil de Tomi l'a délaissé depuis un moment et fixe maintenant l'autre extrémité de la route, se raccroche à ce point de fuite d'où pourrait surgir celui qu'il attend.

Ohé ! Devant lui, à quelques mètres, une Clio rouge lui parle. Tomi se demande comment cette voiture a pu jaillir du décor et se poser ainsi, sans qu'il l'entende ou la voie venir, comme si sa conscience avait connu un faux contact, et que dans ce laps, tel un ovni, l'engin se fût matérialisé. Par la vitre baissée, souriante, crinière rousse permanentée et voix de crécelle, une jeune femme se penche et le hèle, je suis venue vous dire, Brissogne, il viendra pas. Tomi se casse en deux pour se porter à sa hauteur, balbutie, je vous demande pardon ? Le moteur tourne, la fille répète plus fort : Brissogne, il viendra pas, faut pas l'attendre, c'est lui qui va vous contacter. Fossette au menton, peau mate, sourire éclatant, elle pose un coude sur la portière tout en passant la première, bye bye, ses doigts frétillent, puis elle disparaît. Tomi est séché, mais sa surprise – le caractère figé, imbécile, qu'elle donne aux visages – ne dure pas car soudain irrité, pestant contre lui-même – il aurait dû retenir la fille, et la faire parler, lui demander où était ce mec, Brissogne, et pour qui se prenait-il, ce con ? – il remonte dans sa bagnole et, laissant derrière lui le paysage qu'il a assez vu, prend en chasse la petite voiture rouge.

Il va vite, son corps oscille dans l'habitacle, tangue au gré des virages tandis qu'il double les pylônes électriques dressés telles des tours de guet, roule sans même jeter un œil aux câbles tendus d'un flanc à l'autre en travers de la vallée, formant ici un pont de singe, ou tissant plus loin une toile d'araignée de plus en plus dense à mesure qu'il perd de l'altitude. La Clio brille au-devant, elle le nargue, elle l'excite, mais la route décrit maintenant le tracé d'un slalom spécial, des lacets fermés, des lacets en épingles à cheveux qui lui dérobent la vue du bitume durant quelques secondes, semblent alors le projeter dans le précipice, et subitement, au détour d'un virage, alors qu'il s'attend à voir la bagnole rouge caracolant à trente mètres devant : rien. La route est vide. La Clio s'est volatilisée dans l'angle mort du tournant. Tomi accélère encore, bien décidé à l'atteindre, et prenant des risques idiots avec la Passat qui ne lui a jamais paru aussi lourde, lente, braquant mal, mais la route, et avec elle le paysage tout entier, demeure froide, morose. Il n'a pourtant vu aucun autre chemin transversal s'échapper dans la montagne, elle est forcément devant, il faut qu'il la rattrape, il maintient le pied sur l'accélérateur tandis que la départementale à présent se desserre, suit le cours de la rivière, redevient rectiligne, la visibilité est bonne mais il est seul.

Et plus seul encore, une heure après, à l'entrée de Faucelles, longeant de petits immeubles aux façades enduites de ciment, puis s'engouffrant dans une sorte de corridor obscur que maçonnent de grosses maisons, certaines repeintes de saumon frais et bardées de balcons neufs, mais la plupart vilaines, amochées. Il approche au ralenti le cœur de ville, lacis de rues piétonnes où les boutiques invitent à goûter la gentiane traditionnelle, misent sur l'épicerie fine, les plaids à carreaux, l'art de la table, toutes choses inutiles et chères que Tomi déteste. L'hôtel du Val-Perdu apparaît bientôt sur la gauche, beau chalet de bois doté d'une grande terrasse, Tomi se gare sur le parking et, une fois le moteur éteint, met encore dix bonnes minutes à sortir de sa voiture, rincé, jambes et nuque raides.

La porte d'entrée est ouverte, il attend au guichet, tousse, y a quelqu'un ? Il s'apprête à saisir la clochette sur le comptoir quand, face à lui, inscrit sur un post-it collé au miroir parmi les cartes postales de gratte-ciel et d'atolls turquoise, son prénom lui apparaît, tracé au feutre dans une écriture enfantine : Tomi. Suivent un numéro de chambre, 14, un code wifi, les horaires du petit déjeuner, un smiley. Mais Tomi n'a pas envie de sourire. Il est pris d'une grande fatigue, empoigne son sac de voyage, se dirige vers sa chambre, c'est interminable – labyrinthe de couloirs, de paliers, de niches et d'escaliers, le tout tarabiscoté, moquetté de laine bordeaux –, il se traîne, et quand enfin il découvre sa piaule, lambda, fonctionnelle, il est immédiatement déçu par la télé minuscule et les voilages grisâtres devant ce qui serait un beau panorama s'il n'y avait ce brouillard de vallée, cette poisse de fond de seau qui colle aux vitres. Il s'assoit sur son lit, se renverse sur le dos, les yeux au plafond, se demande ce qui lui a pris d'obtempérer devant Million et de prendre la route, ventre à terre.

On toque à la porte. Tomi va ouvrir, souriant déjà à Sophie, la patronne de l'hôtel, à sa présence humaine, réconfortante, du moins il l'imagine, se souvenant de sa voix au téléphone – elle l'avait appelé le matin même alors qu'il passait Auxerre, une voix chaude, claire, énergique, elle voulait savoir s'il était végétarien et lui préciser qu'il pourrait se garer devant l'hôtel –, mais derrière la porte, posé sur le seuil, il n'y a qu'un plateau-repas semblable à ceux servis dans les hôpitaux, les avions, les stations spatiales. Il avance sur le palier, tend l'oreille dans l'escalier qui ne lui renvoie qu'un silence lourd et feutré, ramasse le plateau, le pose sur son lit, et décollette une à une les barquettes de plastique blanc qui révèlent des purées blanchâtres, des crèmes grises qu'il n'identifie pas, ni les saveurs, ni les odeurs. Sa gorge se serre, il s'affaisse, le front lourd – j'encaisse moins bien les longs trajets en bagnole, faut que j'arrête tout ça. La nuit est tombée, il se lève pour tirer les rideaux, manière de se secouer un peu, de sortir du marasme. Il aimerait retrouver le plaisir d'une virée en solitaire, loin du bureau, loin de chez lui, une bonne tisane avec la bouilloire de la chambre, une bonne série peinard – *The Depths*. Il entre le code wifi dans son portable mais rien ne s'active à l'écran, aucun signal. Il attend, recommence, nada. Pas de réseau, aucun partage de connexion possible.

Tomi émet un petit rire, ben voyons, puis allume mollement la télé. Des images filmées caméra à l'épaule y défilent, chaotiques et quasi illisibles : une catastrophe est survenue dans la journée, glissement de terrain ou coulée de boue, impossible de le savoir exactement, ça ressemble à une rue après un attentat, un bombardement, on crie, on appelle, on hurle des consignes, on extrait les victimes ensevelies sous les décombres avec des treuils de fortune, les lamentations et les sirènes saturent la bande-son, les secours tardent tandis que la polémique monte – des terrains inconstructibles vendus aux promoteurs, des entreprises de travaux publics tenues par la mafia, des maires véreux, l'État indigent. Tomi s'est rapproché du petit écran, il écoute, ça se passe en Italie. Soudain, la sonnerie cristalline d'une notification sur son portable : réseau de retour.

Revigoré, il se détourne des images, de l'écholalie des commentaires, puis ôte d'un même geste jean et chaussettes, dézippe sa polaire, dormira avec ce caleçon à motifs cashmere et ce tee-shirt à manches longues. Mais avant toute chose il se rince les pieds à l'eau glacée dans le bac de douche, insiste sur les orteils, méticuleux, c'est son rituel de coucher, puis il coulisse sous le drap, ouvre son ordinateur, prêt à enquiller trois épisodes de sa série, à s'en flinguer les yeux. Il est minuit quand il se cale en chien de fusil au bord du lit pour un premier sommeil réparateur, qu'aucun mouvement ne viendra troubler, aucune secousse aussi infime soit-elle car Tomi ne ronfle pas. Par ailleurs, cela fait trente ans qu'il peaufine un sommeil semblable à celui que pratiquaient les hommes de l'ère préindustrielle, un sommeil biphasé, aux durées proches mais aux qualités distinctes, le premier propice aux rêves, dense et profond, le second poreux et léger, sensible au jour qui poindra bientôt, et entre les deux, cette période de veille, brève mais vigoureuse, riche, un temps pour soi, pour l'agilité des pensées et la clarté des sentiments.

Ainsi il est trois heures quand il s'éveille, par paliers, s'attarde dans les rémanences de son rêve, soucieux qu'il se consolide, enfin s'étire, ouvre les yeux, bascule et se redresse pour le noter, pour en saisir peut-être la dimension oraculaire, y repenser plus tard, et pour le raconter à son psychanalyste. Désormais alerte, il tend la main vers le carnet et le bic siglés Voltang, allume la lampe de chevet, s'assoit en tailleur et écrit.

14 avril : c'est la nuit et je marche sur une immense avenue déserte, peut-être les Champs-Élysées. Je perçois quelque chose de bizarre : le paysage ne défile pas, il avance à mon rythme au lieu de passer dans mon dos. Je ne parviens pas à le laisser derrière moi, pourtant je sens bien que je chemine, mes jambes me portent, mes bras se balancent, le mouvement entraîne tout mon corps vers l'avant, et c'est comme si les immeubles, les façades, les devantures, les arbres marchaient avec moi, à mon pas. Ce sentiment de désynchronisation me donne la nausée. J'essaye alors de courir pour fuir le paysage, ou pour retrouver une coordination, mais en vain, je sens mon corps épaissir, devenir flasque, une masse molle et invertébrée. C'est désagréable, inquiétant.

Puis Tomi rature « inquiétant », écrit « menaçant », s'en satisfait.

Maintenant il se lève, fait quelques pas, attentif au contact de ses pieds nus sur la moquette rase et granuleuse, va se passer un peu d'eau sur la nuque, évite son reflet dans le miroir, à quoi bon, fouille son sac d'une main, retrouve le sachet de fruits secs acheté à la station-service et à peine entamé, le picore à la cadence d'un moineau, ouvre la fenêtre en grand – le froid s'engouffre, l'air cristallin et tranchant de la montagne –, s'accoude pour fumer son unique cigarette de la journée – une Marlboro light par vint-quatre heures depuis qu'il a décidé d'arrêter, et plus de briquet, seulement de petites boîtes d'allumettes promotionnelles, cela réduit les tentations. Il la savoure bien sûr, inspire et expire voracement jusqu'au filtre, le regard peu à peu acclimaté à la nuit au-dehors, bientôt il devine la crête des massifs, les dénivelés de noir et de gris entre la roche et le ciel. Trois heures vingt, il désactive le mode avion, scrolle les brèves du *Parisien* sans rien apprendre de nouveau sur la catastrophe, tapote un texto à sa fille.

> 03.26 : *salut ma chérie, tu pourras me rapporter la perceuse et les mèches à bois mercredi prochain ?*
> 03.26 : *oui tkt pap*
> 03.27 : *tu dors pas ???*
> 03.28 : *partiel d'enzymologie demain. À la bourre dans les révisions comme dhab. Toi non plus tu dors pas !*
> 03.28 : *c'est de la régénération nocturne ! Je dors pas mais je me repose. Merde pour demain.*

L'écran bleuté du Samsung Galaxy s'éteint, les contrariétés du jour ont reflué, Tomi éprouve la quiétude de la nuit, ses particules temporelles mobiles et délicates qui pénètrent sa peau. Il ajuste les oreillers sur sa nuque, de nouveau fouille son sac à l'aveugle, en sort une vieille édition poche de *L'Éducation sentimentale*, gondolée par l'humidité et les relectures. Il s'était interrompu la veille au seuil de sa phrase fétiche, cinq mots anodins qui l'électrisent à chaque fois : *et Frédéric, béant, reconnut Sénécal* – quelques mots qui ouvrent sur une grande vacance dans la narration, la béance de Frédéric annonçant une autre béance, celle du récit. Tous les cinq ans Tomi reprend Flaubert, des retrouvailles avec l'auteur de sa jeunesse, et tous les cinq ans il guette avec la même ferveur cette scène furtive sur les barricades de 1848. La nuit est propice à quelques pages, pas davantage, pour qu'elles cristallisent et sédimentent dans sa mémoire. Il se discipline pour suspendre sa lecture, s'il s'écoutait il irait jusqu'au matin, au mépris de son second sommeil. Or, il est bientôt quatre heures et Tomi doit enchérir.

Connecté sur le site de Drouot, il clique sur la vente arts d'Afrique, d'Amérique et d'Océanie, renseigne son profil, fait défiler les statues tribales, et elle est bien là : *Yaka Figure, Congo*. Les enchères sont montées à 6 000 euros, il ajoute 300, espère ne pas avoir à dépasser 7500, encore trois jours et il ne voudrait pas que cette statuette échoie à un autre, rustre, ignorant le pouvoir de la petite sculpture à relier les mondes – forme et informe, haut et bas, proche et lointain – et ses facultés de guérison.

Il referme son ordinateur, la nuit est parfaitement dense et immobile à cette heure, la fatigue fait retour, une langueur plutôt, annonciatrice du second sommeil, les pensées et les gestes ralentissent, Tomi peut se rendormir. Il change de côté, le gauche pour cette deuxième partie de nuit, corps tourné vers la fenêtre, s'assoupit aussitôt, même si d'un repos plus friable, en surface, la respiration décélère mais les paupières palpitent encore, peut-être sensibles au léger grésillement qui émane de l'ampoule, pourtant éteinte.

J'ignore à quel moment ceux du village ont compris que c'était plié, à quel instant précis cette certitude s'est dressée, brûlante, alors qu'elle avait si longtemps rampé dans leur cerveau, honteuse, une couleuvre – jusque-là, ils avaient envisagé le barrage comme on passe un œil furtif dans le trou d'une serrure, redoutant ce qu'ils allaient voir, et chassé aussitôt l'image inconcevable à l'arrière de l'occiput, où elle pesait –, et je ne sais pas non plus comment elle est parvenue à miner leurs espoirs, à démanteler leurs dénis, comment elle a durci en travers de leur conscience, irréversible : mais le fait est qu'ils ont su que tout allait disparaître, qu'il ne resterait rien.

Certes, ils n'ont pas réagi tout de suite, sonnés, le visage tordu, les yeux fixes et les pieds lourds, tandis que l'idée de la noyade de Seyvoz, son engloutissement programmé, se répandait dans le village, serpentine. Ils ont continué à se lever le matin, à refaire ces gestes qui étayaient les jours, le feu allumé dans la cheminée, l'eau glacée sur le front, les souliers lacés, le pain tranché sur la planche de bois, le café noir dans le bol et la première bouffée de tabac, puis la porte soudain ouverte sur le dehors, le vallon, où tout est blanc en ce mois de février, un blanc mat, un blanc qu'il serait un peu trop facile de comparer à un linceul, mais qui, tout en aplanissant le relief extraordinaire, en conserve tout de même le vague drapé. Je me demande s'ils se sont arrêtés sur le seuil des maisons, s'ils ont respiré à pleins poumons tandis que leur regard embrassait ce paysage qui avait littéralement façonné leur vie – un travelling panoramique qui aurait combiné l'exploration horizontale et l'échappée vers les cimes –, s'ils l'ont regardé comme on se penche sur ce qui va mourir, pour ne pas l'oublier. Je ne le pense pas : ce n'est pas ainsi qu'ils habitaient leur pays. Non qu'ils fussent désinvoltes, oublieux, et incapables de relever précisément ce qui devait l'être pour le confiner au fond d'eux-mêmes – dessiner, enregistrer, photographier, filmer – mais la montagne leur était autre chose, ils vivaient dedans, c'est le corps qui logeait leur existence, ils ne s'en séparaient pas, et marchaient le plus souvent tête baissée – savoir où poser les pieds sur ce terrain de glace et de cailloux est plus recommandé que cligner de la paupière devant ce qui scintille là-haut.

Dans un premier temps donc, les habitants de Seyvoz se sont retirés du langage – eux qui n'étaient déjà pas bien bavards. Le silence s'est répandu dans le village, il a pris dans les rues, dans les traverses, sur le pas des boutiques, une chape, épaissie jusqu'à mettre sous pression tout l'espace : parler c'eût été crever la bulle du réel, prendre acte du barrage, précipiter leur fin quand se taire c'était tenir le destin à distance, gagner du temps – ce rapport au langage me fascine, je l'avoue. Ils ont refoulé leur colère, leur lamentation, leur panique, et nombreux sont ceux qui ont hâté le pas, rasant les murs pour éviter une voisine, un cousin, surtout ne croiser aucun regard où abandonner le sien, et bientôt on n'a plus entendu que les cris des gosses sur les chemins et autour de l'école, le tumulte des troupeaux au fond des étables et des bergeries, et le clocher de l'église.

Enfants, bêtes, cloches. La ligne de basse de leur existence. Tant qu'elle résonne ils sont chez eux, vivants ; tant qu'elle vibre leur monde perdure, intact – leur monde, soit ce vallon évasé, assez large pour qu'y descende le soleil, une alvéole chaude et fertile, une rivière au débit tonique, et tout autour, étagés, les alpages en pentes douces, la frise de crêtes tendres et de sommets jamais atteints. Seyvoz, si proche du paradis, un camp de base avant le Ciel.

Ici les généalogies se dévident quasiment sans rupture de lignage depuis le XIIIe siècle – celle des hommes mais aussi celle des bêtes –, les registres municipaux semblent avoir été tenus par une main unique, la même main durant huit siècles, la même graphie soignée, quasi enfantine, qui atteste à elle seule la stabilité, la sédentarité, la continuité des présences humaines en cet endroit, et enchevêtre si peu de patronymes – Guillermoz, Brax, Colevert, Patrecamps, Bouc, Michélis – que l'hypothèse d'une forte consanguinité des alliances ne m'a jamais semblé farfelue. Dans ces archives claires, chaque vie se fait voir : une fille partie se marier dans la vallée voisine en 1507 laisse un trou béant et la mort d'un puîné dans une fratrie de neuf jette sur la page une ombre noire, le choléra de 1832 crée une fosse profonde et les conscrits morts durant la Grande Guerre un gouffre tel que le village dut sans doute sa survie à l'émergence du tourisme alpestre dans les années 20, et à l'arrivée de quelques étrangers entreprenants venus de Genève et de Lyon – hôtels, restaurants, sociétés de guide, photographes. Les mois d'hiver, les migrations saisonnières conduisent les jeunes vers l'Italie où ils trouvent à s'embaucher dans les usines de Turin, quand quelques-uns montent à Lyon ou à Paris suivant de très anciennes filières, et ils ont beau se frotter à la grande ville, au nombre, à d'autres cadences, aux lueurs de la nuit, en mars ils sont de retour à Seyvoz. À la lecture de ces cahiers, le vallon semble exercer une puissante attraction sur les siens, centrifuge, il est difficile de s'en arracher.

Enfants, bêtes, cloches. La substance acoustique commune, celle qui les tient ensemble. Or, si les enfants et les bêtes devaient évacuer Seyvoz dans le mouvement général avant l'ennoiement programmé du village, et migrer ailleurs, qu'adviendrait-il des cloches ?

Le clocher de l'église Notre-Dame-des-Neiges de Seyvoz en compte trois : une grosse et deux petites. *Alba*, 680 kg d'airain - un alliage d'étain et de cuivre -, a été fondue sur la place de l'église en 1438. D'après ce que je sais, le fondeur demeura une semaine au village, installa son foyer devant la porte de l'édifice, et travailla en plein air, les habitants faisant cercle autour de lui tandis qu'il alimentait son four à tour de bras, construisait le noyau, le moule - la fausse cloche lissée avec un gabarit qu'il avait transporté sur son dos dans un étui de toile -, et enfin, la « fille ». Plus tard, quand vint le moment de l'estampage à la cire, les villageois, qui s'étaient cotisés pour passer commande, espérant qu'une cloche à volée claire, à sonnerie longue et pure, inciterait l'évêque de Valryeux à venir célébrer la messe de Pâques jusque dans cette modeste église d'altitude - ce qui n'advint jamais, l'évêque étant bien trop friand de l'agneau pascal rôti à la sauge que lui offraient les notables de Valryeux, et par ailleurs flemmard, frileux, apeuré par la montagne -, se concertèrent pour l'inscription où, selon la tradition, *Alba* s'exprime comme une personne.

« Je me nomme Alba de Seyvoz,
j'ai été baptisée le 3 décembre 1438,
la montagne est mon berceau,
la neige mon manteau,
que Dieu me garde du déluge et des avalanches,

qu'il écarte de moi le feu de la guerre
et le souffle de la peste,
que la Vierge Marie au front ceint d'étoiles
veille sur les alentours où se porte mon chant. »

Alba est bénie au soir d'une tempête de neige mémorable, la communauté des villageois, transie, rassemblée dans l'église illuminée dont la travée empeste encore le métal en fusion, et sonne si bien cette première nuit qu'elle sauve d'entrée de jeu un colporteur de 16 ans égaré au col du Père-Néant.

La deuxième, nommée *Égalité*, pèse 560 kg et monte au clocher en 1799 : c'est la laïcarde, légère, tonique, elle porte l'inscription malicieuse *Dieu voit tout*, sonne en la dièse pour les mariages, les baptêmes, la naissance des filles aînées mais également pour quelques fêtes profanes, dont celle de l'Ursus bian – les hommes du village paradaient ce jour-là, nus sous des peaux de bêtes, des capes de fourrure, manière de célébrer la puissance sexuelle de l'ursidé. La troisième cloche, *France*, est différente : c'est un ex-voto. Sa voix mate et profonde, quasi tibétaine, donne le frisson aux touristes, aux étrangers de passage : offerte en 1920 par un jeune médecin militaire survivant de la Grande Guerre, elle rend hommage à ceux de Seyvoz qui ont péri dans les plaines du nord, eux qui n'avaient jamais vu l'horizon. Dès lors, plus que ponctuer les heures, donner l'alerte, inviter à la liesse, plus que d'appeler à la messe, célébrer les sacrements, battre le glas des défunts, le tocsin du danger ou les grandes volées de la fin des guerres, les trois cloches de Seyvoz incarnent le village : elles en sont le pouls intime, leurs vibrations couvrent un espace acoustique dont l'étendue coïncide avec le territoire physique de la commune, elles établissent le domaine où se capte son âme, cette identité dont il sera si souvent question une fois le barrage acté et la noyade programmée. De fait, être de Seyvoz, c'est avoir eu l'oreille formée aux volées des trois sœurs de Notre-Dame-des-Neiges, reconnaissables entre toutes, à l'instar d'une voix humaine. Là où se portent les ondes d'*Alba*, *Égalité* et *France*, le vallon devient semblable à une cloche renversée, un nid, le berceau de ceux qui vivent ici : ils sont là chez eux.

Le mur, une plaque de sarcophage, est si haut qu'en avril l'air a déjà changé. Il stagne, irrespirable, et la combinaison sonore, chérie si longtemps au creux du tympan, se brise : les bêtes remuent au fond des étables, les clochettes suspendues à leur cou dingue-donguent au milieu de la nuit, les aigles descendent des crêtes pour tournoyer au-dessus de la place où ils trompettent comme des malades, les enfants hurlent sans raison, les femmes rient trop fort, les hommes sanglotent, un brouhaha s'échappe des maisons, un dérèglement qui sonne la fin.

Au Café de la Cordée, le grand Patrecamps frappe du poing sur le comptoir du bar, le regard noir : faut emporter les cloches, on migrera avec ; les cloches c'est nous ! On fonce à l'église, on monte direct au clocher où l'on s'arrête net devant les cloches, essoufflés : l'opération s'annonce délicate. Le système de suspension – poulies, balancier, poutre – est un bazar sophistiqué. Le curé fouille le presbytère, sort d'un coffre le schéma de montage technique des trois cloches de l'église. On l'étudie. Il faut trouver des cordes, des torons épais pour soutenir les « filles » et les faire glisser le long de la paroi extérieure du clocher, comme si elles faisaient le mur, s'échappaient, la lèvre inférieure de leurs lourdes jupes frôlant la pierre de l'édifice, le battant tremblotant et solitaire. Une fois la descente des cloches organisée, on se met en quête d'un palan, et surtout d'un véhicule pour les conduire dans une grange, à l'abri – les quatre fils Chevril sont là et se portent volontaires, nerveux, ils gueulent dans la cuisine du presbytère, bousculent les chaises, le curé ne parvient pas à les calmer. Enfin, on se concerte pour une date et, de nouveau, les bouches se pincent. Il ne faut plus attendre, le curé écrase sa Gauloise filtre, quand les condés viendront nous évacuer, ce sera trop tard. À cet instant une jeune fille entre en coup de vent, rouge de colère, Angélique Brax, 21 ans, future institutrice, elle joue des coudes entre eux, bravache, et crie elle aussi : non ! Je me marie samedi, je veux ma sortie avec les cloches ! Ce jour-là, 15 avril 1952, *Alba*, *Égalité* et *France* se balancent une dernière fois dans la matrice en bois du clocher de Notre-Dame-des-Neiges et sonnent à toute volée alors qu'Angélique Brax et Pedro Figueira se pavanent au sortir de l'église, les pieds dans la bouillasse, et sourient devant les Instamatic, puis le cortège se dirige vers l'hôtel d'Abondance, évitant les flaques qui miroitent désormais ce ciel de défaite, ce ciel déballonné.

Le lundi suivant, les frères Chevril débarquent au volant d'une camionnette à plateau, bâchée de plastique noir. On entend la cavalcade à l'intérieur du clocher, l'écho des grosses chaussures dans l'escalier en colimaçon, les exclamations, les appels. *France* racle la façade dans un cri horrible et sur le parvis quelques visages se figent, puis c'est *Égalité* qui arrache une gargouille en basculant par la fenêtre, et enfin *Alba*, si lourde que l'un des torons se déchire, qu'elle toupille dans le vide avant de tomber sur le plateau de la camionnette qui s'enfonce un peu plus dans la boue. La vieille Brax, appuyée sur sa canne, ne cille pas, les yeux secs, puis se tourne vers les autres, et du pouce fait le geste de se trancher la gorge : terminé le boucan là-haut, on lui a cloué le bec à Notre-Dame.

JOUR II

Sept heures, Tomi ouvre les yeux comme on appuie sur un interrupteur et ses premières pensées sont pour Brissogne : lui mettre la main dessus.

Il ne lui faut que quelques minutes pour se doucher et s'habiller, l'œil à peine diverti par BFM – l'image sans le son, les bandeaux qui défilent, le bilan de la catastrophe qui s'alourdit – et ce n'est qu'après avoir lacé ses Timberland qu'il se tamponne l'arrière des oreilles, la nuque, avec cette eau de Cologne citronnée offerte par sa fille. La peau de son visage est sablée, un peu granuleuse, elle crisse, or il aime être rasé de près, branche son Braun de voyage, mais l'appareil reste hors tension. Il fait le tour de la chambre, essaye d'autres prises, en vain, et maintenant contrarié par cet épiderme de papier de verre, allume ordinateur et portable, comptant bien sur des nouvelles de Brissogne. Pas de réseau, pas de wifi, il saisit le mot de passe XWch7%_Opil-56/ dix fois de suite sans succès, songe à fumer une cigarette, plus nerveux encore depuis qu'il est passé aux patchs et aux Nicorette, referme tout, claque la porte de sa chambre et descend les trois étages en petites foulées. La salle du petit déjeuner est déserte, il s'installe à la première table.

Ohé ! À quelques mètres, une femme lui parle. Tomi se demande comment elle a pu jaillir du décor et se poser ainsi devant lui, sans qu'il l'entende ou la voie venir, comme si sa conscience avait connu une coupure électrique, et que dans ce laps, la créature se fût incarnée. Elle est là, une thermos dans chaque main, son allure immédiatement familière, réconfortante, un casque de cheveux noirs, soyeux et raides, une pâleur tachetée de rose aux joues, un pull pastel en angora, qu'on aimerait caresser, des lunettes retenues sur le plexus par une chaîne dorée, et une voix qu'on n'imaginerait pas tomber dans les basses en fin de phrase – vous êtes bien installé ? Vous avez tout ce qu'il vous faut ? Tomi signale, d'un ton faussement neutre, les pannes de réseau successives, mais Sophie fait la moue, ça m'étonne, il n'y a jamais de problème avec Internet ici, d'autant plus que c'est la vallée de l'électricité, alors les pannes c'est impossible. Thé ou café ? Il s'entend articuler peu importe, comme si sa réponse avait été prononcée par un autre juste derrière son épaule. D'autorité elle lui verse un café, vous avez pas une tête à boire du thé, et pendant que j'y suis, des pâtes à la carbonara, ce soir ça vous va ? S'il pouvait lui dire qu'il s'en fout bien du dîner, qu'il préférerait une connexion haut débit, puisque je suis le seul client, ne vous embêtez pas, faites comme pour vous. Sophie réplique avec fierté que l'établissement est complet, et Tomi vacille, stupéfait, il n'a pourtant croisé personne depuis son arrivée dans l'hôtel, perçu aucun bruit – toux, pas dans le couloir, évacuation d'eau, télévision –, vu aucune autre voiture sur le parking. Il balbutie qu'il mange de tout, détourne le regard vers sa tasse de café comme pour y trouver refuge, jurerait que le liquide noir et légèrement pelliculé de gras tremble à la surface – signe annonciateur d'un tsunami dans un film catastrophe –, porte la tasse à ses lèvres d'un mouvement brusque, le café est amer et tiède, la salle toujours vide, on n'entend maintenant que le bruit de sa mastication, la baguette molle et blanche qui colle au palais. Tout cela est louche. Il cherche le regard de Sophie mais elle a disparu, chasse le trouble de son esprit comme on le ferait d'un insecte qui bourdonne alentour, d'un geste vague et agacé, déglutit le fond de son café, la corne du croissant et une gorgée de jus d'orange, puis quitte l'hôtel d'un pas qui se veut décidé.

Au volant de sa Passat, moteur éteint et portière ouverte, un pied dans l'habitacle et un pied au-dehors, il peut enfin relever ses messages, les barres de la 4G aussitôt noircies à l'air libre. Brissogne n'a pas fait signe et son irritation se relance, subtil mélange d'inquiétude, d'impatience et de vexation – on l'a mandaté au dernier moment, il a annulé ses engagements, roulé depuis Paris, un voyage éreintant et solitaire, après quoi personne pour l'accueillir, et aucune urgence semblerait-il à sa venue. Le mieux est de remonter au barrage, d'aller trouver Brissogne à la centrale, il doit y être, c'est bien le genre de type planqué derrière son bureau à remplir des tableaux Excel de kilowattheures et de mètres linéaires. Alors de nouveau la route en lacets, le maillage arachnéen de câbles au-dessus de la vallée, qui découpe le paysage – d'autres diraient le défigure –, la beauté du massif, ses dénivelés chromatiques, alternance d'aplats d'ombre et de crêtes ensoleillées, et l'arrivée au sommet.

Il se gare sur le parking de la centrale de Seyvoz, soucoupe de béton blanc posée à l'aplomb du barrage, une architecture brutaliste qui lui rappelle la fac de sciences de Nancy, et les cours intitulés « Séismes, ondes et électromagnétismes », « Sédimentologie et tectonique » ou encore « Relativité restreinte », qui lui avaient retourné la tête au début des années 90. Il est dix heures, la portière claque dans le silence creusé de la montagne, les lieux sont vides si ce n'est une voiture d'un vert passé, au côté de laquelle il s'est rangé, serré, parallèle, comme pour créer une illusion de peuplement.

La porte de métal se déverrouille automatiquement et Tomi pénètre dans un hall immense, silencieux lui aussi, y a quelqu'un ? Il avance dans un couloir éclairé par ces néons blafards de garage en sous-sol, distingue au fond une silhouette penchée sur un photocopieur, presse le pas, c'est un jeune homme aussi livide que les lieux, fluet et acnéique – un stagiaire ? –, en pantalon noir à pinces défraîchi mais chemise blanche impeccable, je cherche Brissogne on avait rendez-vous, je suis Tomi Motz, du siège. Le jeune homme prend un air stupide pour répondre que ben non Brissogne n'est pas là, et aussitôt la contrariété rejaillit, une bouffée de colère et de dépit, il pourrait bousculer le jeune type, songe à lâcher l'affaire mais se ravise aussitôt, maintenant qu'il est là il fera son travail, avec ou sans le responsable de maintenance – vous pourriez me fournir un plan du site avec les différentes installations ? Les galeries d'amenée, les prises d'eau, les bassins de compensation et les massifs d'ancrage. Mais c'est la même réponse avachie, le même air ahuri qui dissuade Tomi d'insister : je crois pas qu'on en a.

Il suffit de suivre la route, les forêts de pylônes et le câblage du ciel, le tracé des conduites forcées qui serpentent dans la montagne, abouchées à la roche, et les centrales seront faciles à trouver. Tomi décide de faire un premier repérage – il ne s'agit plus d'honorer sa mission, peut-être seulement de tuer le temps, de donner forme à sa journée. Le lac a toujours cette apparence de mélasse, d'un bleu mat, radioactif, il aimante le paysage, l'engloutit dans son épaisseur liquide. Son trouble s'accentue, une inquiétude grandit, sans objet pourtant, si ce n'est la vision de cette eau dense, lourde, malaisante, une eau qui ne lui dit rien qui vaille. La voiture passe maintenant sous un paravalanche, longe des parois rocheuses menaçantes, parfaitement verticales, la route s'étrécit, monte et sinue, il faudrait sans doute redescendre vers la vallée mais le mouvement ascendant est irrésistible, Tomi accélère dans les virages, atteint un plateau qui offre une vue évasée sur le mur et le lac : le barrage de Seyvoz.

Sur une petite aire de dégagement, il s'arrête face à cette muraille qui sectionne le paysage, immense coupe de béton, vertigineuse, elle l'impressionne encore, suscitant toujours le même émerveillement et le même effroi – cette émotion mêlée qu'on éprouve face au gigantesque, au monumental, ce qu'il a de déraisonnable. Il pense au Mur de *Game of Thrones*.

Il avait regardé les huit saisons d'une traite, sans cesse perdu dans les généalogies et les dynasties, contraint d'appeler sa fille à la fin de chaque épisode pour se faire expliquer telle lutte de territoire ou telle descendance contrariée. Ce qui le fascinait dans cette série c'était ce mur démesuré, cette fortification de glace et de pierre qui sépare le royaume des Sept Couronnes des terres froides et sauvages, un mur de plus de 210 mètres de haut, de 480 kilomètres de long, défendu par la Garde de Nuit, et qu'aucune échelle ne pouvait franchir, qu'aucun archer ne pouvait atteindre, un mur si épais qu'aucun projectile ne pouvait le traverser, un mur indestructible et éternel.

Le mur qui se dresse maintenant devant Tomi lui inspire ce même sentiment d'invulnérabilité et cette même folie – Seyvoz, un mur de fiction qui retient un lac d'artifice.

Le cri d'un épervier le sort de sa rêverie : l'image mentale – ce mur de glace dans la nuit – vient mourir sur la surface bétonnée de l'image réelle – ce barrage. Il tourne sur lui-même pour se réajuster au paysage, n'avait pas encore remarqué cette statue de calcaire blanc, une silhouette de femme stylisée, un visage anguleux, des yeux creusés dans la pierre, comme crevés, le drapé d'une robe au vent, les bras tendus vers le ciel. Il s'approche, déconcerté par la laideur de l'œuvre, lit la plaque commémorative : *En mémoire du sacrifice de ces hommes*. Il ne voit vraiment pas le lien entre ces ouvriers sacrifiés sur l'autel de l'hydroélectricité et cette statue de femme grandiloquente, mais une envie de pisser le détourne de cette question. Il s'approche du bord, une simple balustrade en bois le sépare du vide, du lac, de son eau menaçante, et soudain ses jambes ne le portent plus, c'est comme si tout son corps le lâchait, la chaleur lui monte à la tête, le cœur s'emballe, les tempes se perlent de sueur froide. Il flanche, tente de se retenir mais dérape dans les graviers, s'écroule sur le ventre puis roule sur le côté pour se mettre en position latérale de sécurité – réflexe de son brevet de secourisme. C'est rien, juste une chute de tension.

Dans le cœur de la mère de Joaquim je ne saurais dire quel sentiment l'emporte – entre l'orgueil d'avoir engendré un fils ambitieux, la peine de le voir partir, et l'appât du gain, le jeune homme ayant promis de lui envoyer chaque mois la moitié de son salaire. Car son garçon ne veut plus veiller les bêtes, s'est lassé de ce silencieux tête-à-tête avec les brebis et, à 23 ans, ne pense plus qu'à fuir le village de Castelo Mendo.

La rumeur qui a d'abord gagné l'Espagne s'étend maintenant le long de la frontière : dans la montagne française, un chantier se prépare, historique, pharaonique, on va édifier le plus haut barrage d'Europe, inscrire la France dans la modernité, reconstruire un pays accablé par la guerre, et pour ce faire on a besoin de bras, de bras européens, portugais en particulier, des bras qui feront honneur à leur tradition maçonne, et ceux de Joaquim sont dorés, nerveux et forts d'avoir soulevé chaque saison meules, lauzes, bottes de foin et animaux. Il ne lui faut que quelques semaines pour leur donner une nouvelle destination, les former à un nouvel art, celui de fabriquer la chaux, concasser la pierre, couler le béton. Et pour apprendre quelques rudiments de français courant et de génie civil.

bonjour \bɔ̃.ʒuʁ\ merci \mɛʁ.si\ béton \be.tɔ̃\

Dans le processus de fabrication du ciment, le carbonate de calcium issu du calcaire subit une réaction de décarbonatation selon la formule suivante : $CaCO_3 \rightarrow CaO + CO_2$. On obtient alors de la chaux vive (CaO) accompagnée d'un important dégagement gazeux de CO_2.
Criblage : séparation granulométrique des matériaux.
Concassage : réduction granulométrique des matériaux.
Coffrage glissant : coffrage mobile permettant de couler en continu un ouvrage en béton par glissement le long de la paroi déjà réalisée.
Ragréage : opération d'enduction partielle d'une maçonnerie ou d'un voile à l'aide d'un mortier fin.

Au printemps, Joaquim quitte enfin son village amarré à la colline calcaire, parcourt en car les 1500 kilomètres qui le séparent de Seyvoz, découvrant à son approche l'imposant massif, une muraille naturelle qui préfigure celle qu'il est venu édifier ici. Ils sont nombreux à converger vers cet eldorado ouvrier, 5600 employés montés de la vallée, mais aussi d'Italie, de Pologne, d'Espagne, du Portugal et d'Afrique du Nord, attirés par la perspective d'un salaire à la mesure des conditions de travail difficiles, à flanc de montagne. On a promis à Joaquim des cadences élevées compensées par des heures supplémentaires bien rémunérées, la majesté des paysages et un bon lit. Et en effet, il débarque dans une cité ouvrière accueillante, alignement de préfabriqués aux bardages sapin et aux volets rouges, fac-similés de chalets, une bourgade de Far-West des alpages, peuplée de maçons chercheurs d'or, de coffreurs, de machinistes et de grutiers chasseurs de primes.

Les travaux ont repris à un rythme soutenu après les mois d'hiver et de gel qui interrompent chaque année le coulage du béton. C'est mars 51, un an et demi après le début du gros œuvre. On a procédé au déroctage à l'explosif de la partie superficielle de la roche, altérée et trop tendre, les fondations sont achevées, les bornes de béton installées à chaque extrémité du futur barrage. Des pistes et des chemins d'accès ont été tracés, le cours d'eau dérivé, des carrières creusées, et un téléphérique de 21 kilomètres – quand la seule remontée mécanique de Seyvoz transporte les skieurs sur 800 mètres – aménagé pour charrier le ciment livré par train dans la vallée, une prouesse technique qui fait la fierté de toute la région : de la gare au chantier, une route de câbles suspendus achemine des blondins chargés de mortier, dans un boucan continu de fer et de pneumatique. La nuit, quand le téléporté est à l'arrêt, Joaquim devine le mouvement des faucons crécerelles et des buses qui viennent se poser sur les drisses de métal, altiers, concentrés, jouissant d'une vue panoramique sur la vallée.

Le chantier qu'il découvre est à la mesure de sa réputation, grouillant, monumental, cacophonique, chaque geste y semble accompli comme un exploit, un défi lancé à la dureté de la roche et à l'immensité de l'ouvrage – on nous a annoncé un mur de 180 mètres de haut et 430 de long, une majestueuse coque de béton moulée dans la vallée.

Après une formation de quelques heures, et une acclimatation d'à peine plus, Joaquim est affecté à une centrale à béton, en charge du dosage et du malaxage des composants. Les premiers jours il faut trouver sa place, évoluer au milieu du chaos des machines, sous un ciel zébré de câbles, circuler entre les bétonnières, les foreuses, les grues excavatrices, il faut s'habituer au bruit déchirant des explosions qui se répercutent en effet Larsen alentour. Partout on dynamite le rocher calcaire, des tonnes de terre et de cailloux jaillissent en gerbes continues, et Joaquim comprend vite que le travail sera épuisant et dangereux. Il découvre que les accidents sont fréquents, qu'une vingtaine d'ouvriers sont déjà morts, fauchés par des rafales de roche. Le chantier est cerné de journalistes, qui tiennent la chronique quotidienne du barrage, relatent les aléas, et parfois les performances techniques, racontent la colère des éleveurs, et aussi la satisfaction des élus locaux. Et derrière eux se tient une autre garde, celle des gendarmes qui surveillent désormais les travaux jour et nuit, la nuit surtout, depuis qu'une série de sabotages – incendie d'un transformateur, vols de matériel, pneus crevés et réservoirs siphonnés – a retardé la construction du barrage et perturbé la communication enthousiaste du maître d'œuvre, impuissant à convaincre les habitants du village de la pertinence de leur sacrifice.

J'imagine Joaquim le premier jour, posté au pied de l'édifice, peut-être stupéfait, ou nerveux, le regard levé vers ce mur qui monte dans un mouvement inexorable d'ascension mais aussi d'expansion, barrant la vallée, la biffant d'un trait de béton, obstruant le ciel et préfigurant l'engloutissement du village, car après le mur c'est l'eau qui montera. À ce stade du chantier, je ne saurais parler de barrage hydroélectrique de type voûte mince, il s'agirait plutôt d'un simple mur, pluggé sur la roche, une prothèse pour la montagne, pour la renforcer, augmenter sa résistance et l'assouplir, capturer la fermeté du béton comme sa plasticité, un subtil transfert de qualités entre l'ouvrage d'art et le massif. Le mur se dresse comme une excroissance naturelle, fusion chromatique du ciment et de la pierre, de leurs courbes, le paysage se lisse, la greffe a commencé – barrage sur montagne.

Trois mois passent, Joaquim a forci, ses mains surtout, burinées par le soleil et la poussière de ciment. Il s'y fait, à la dureté du travail et de la roche, les poumons encrassés et le dos supplicié. Le dimanche il cuisine du porc dans le baraquement des Portugais, joue à la belote avec les Espagnols, capte la musique du pays sur son poste Radiola, et s'endort chaque soir assommé par le fracas des machines, ivre de besogne. Les fins de semaines sont parfois égayées par une virée au village, l'occasion d'envoyer un mandat à sa mère, de boire un ballon de vin blanc, et pourquoi pas de danser – le mariage d'un de ses collègues natif de Porto avec une fille du coin, Angélique Brax, future institutrice, a marqué les esprits, tant pour la qualité de la noce que pour l'indignation qu'elle a suscitée chez certains locaux : non contents de défigurer la vallée ces étrangers nous volent nos plus belles filles ! Joaquim s'était tenu à l'écart de la bagarre qui avait éclaté en marge de la fête et avait mollement fait la cour à une jeune éleveuse de laitières, son français rudimentaire l'ayant cantonné à quelques considérations météorologiques.

Sa mère se demandera s'il s'est vu mourir, s'il a senti la coulée de béton lentement l'étouffer, pénétrer sa bouche et rigidifier sa langue, immobiliser un cri qu'il n'aura pas eu le temps d'expulser, infiltrer les narines, les yeux, chaque orifice, chaque pore, jusqu'à figer les battements du cœur lui-même, le mouvement cardiaque stoppé par le durcissement de la matière dans les veines – son fils mort noyé sous une vague de béton.

Personne n'a pu réagir: Joaquim se tenait en équilibre au bord du coffrage, le blondin au-dessus de sa tête a brutalement cédé, déversant sur lui des centaines de litres de béton liquide. Tout s'est pétrifié, l'air, chargé de gouttelettes de ciment, les ouvriers, paralysés par la sidération et l'effroi, et Joaquim, disparu; il n'y avait rien à faire, on ne pouvait qu'assister à la cristallisation du béton sur son corps, attendre que la matière sédimente sur sa peau – Joaquim englouti par le béton comme le village le serait bientôt par l'eau une fois le barrage achevé, Joaquim victime expiatoire de la catastrophe à venir, avalé par le mur.

Son nom fut inscrit sur la plaque commémorative dédiée aux 52 ouvriers morts sur le chantier. Sa mère attendit plusieurs années avant de s'y recueillir et ce n'était pas tant le nom de son fils gravé dans le marbre noir qu'elle venait découvrir que le barrage lui-même, ce monstre de 600 000 mètres cubes de béton qui avait dévoré son enfant. Ce mur qui était aussi son tombeau. Elle voulait l'approcher, y poser la main, presser la paume et sentir le ciment grenu et froid, peut-être des aspérités, des traces suspectes, un relief inhabituel, une partie plus bombée qui signalerait la présence de son corps juste derrière la surface bétonnée, il était là quelque part.

Elle se demandera dans quelle position il avait été emmuré vivant, quel gisant ou quel petit garçon recroquevillé, où poser son regard et un baiser sur cette muraille immense. Imaginant la main tâtonnante de cette mère, peut-être ses ongles grattant la matière dure et granuleuse, c'est à Pompéi que je pense, au temps brisé net, aux corps saisis dans la lave, figés dans un geste, un élan, un spasme, à ces membres rétractés, ces bouches ouvertes, ces êtres ensevelis avant même de mourir, encore palpitants sous l'épaisse couche de cendres, à ces vies solidifiées qui ne redeviendront jamais poussière.

Tomi se redresse, encore chancelant, son jean est maculé de terre aux genoux, il se masse une épaule endolorie puis l'autre, pressent que demain il aura mal partout, rejoint sa voiture, trouve une bouteille d'eau gazeuse entamée dans la portière, elle est tiède et éventée.

Il n'est plus d'humeur à suivre son intuition et les lacis de la route, allume le GPS, se souvient de la centrale de Praz-le-Haut, tape ce nom, essaye plusieurs fois, avec ou sans majuscules, tirets, espaces, puis tente Praz-le-Bas et Praz-le-Lac mais en vain, aucun Praz n'apparaît, seulement Pernaz ou Plénax, alors il cogne l'écran du GPS comme on le ferait sur un photocopieur en panne, un juke-box récalcitrant, un distributeur de boissons et de friandises qui ne rendrait ni la monnaie ni le lot de deux Twix resté coincé dans son cerceau de métal, il tape du plat de la main comme on le fait toujours inutilement, car ni la barre chocolatée ni le nom de Praz ne viendront jusqu'à lui – va donc pour Pernaz, cela me mènera bien quelque part.

Le GPS bascule en mode vue aérienne, une route serpentine se colore de bleu, il ne reste plus qu'à suivre la flèche, secondé par une voix de synthèse aussi lointaine qu'autoritaire. Tomi roule une vingtaine de minutes en direction de la vallée puis l'itinéraire bifurque sur un chemin carrossable vers un hameau, soit une rue unique bordée de chalets et débouchant sur un cul-de-sac. Quelque chose cependant intrigue suffisamment Tomi pour qu'il descende de voiture : un étal recouvert de charcuteries et fromages du terroir – jambons entiers à suspendre dans le cellier, tommes gigantesques, paniers de saucissons aux noix, au beaufort, aux herbes, pyramides de chèvres secs, guirlandes de diots fumés, le tout mis en scène au milieu de marmottes empaillées vêtues comme des poupées. Un festin dressé au cœur de ce village qui serait totalement désert s'il n'y avait cet homme, là, assis sur un pliant – une allure de retraité : pantalon de toile beige bouffant aux cuisses, polo et casquette –, qui feuillette la presse régionale d'un index humide, bouteille de bière décapsulée et paquet de cigarettes froissé à portée de main.

S'il vous plaît, on est où ici ? L'homme découvre la présence de Tomi, replie le journal avec soin sur ses genoux : ici vous êtes juste à mi-chemin entre Praz-le-Bas et Praz-le-Haut, mais vous cherchez peut-être Praz-le-Lac. Découragé, Tomi commande un sandwich, tente d'engager la conversation tandis que l'homme beurre une demi-baguette et coupe du saucisson avec un opinel à la lame oxydée : ça se sait dans la vallée que la concession du barrage de Seyvoz s'achève l'année prochaine ? L'homme relève la tête : vu ce qui a eu lieu ici, on sait tout. Cornichons ? Tomi pose quelques questions convenues sur l'histoire du hameau, sur la saison touristique à venir, sur l'immigration portugaise pendant la construction du barrage – le vendeur de charcuteries se nomme Meira comme l'atteste une bâche tendue au-dessus de l'étal –, mais il n'obtient que des réponses évasives sur les incidences du changement climatique, sur les Portugais qui s'en sont bien sortis, sur les habitants du coin âpres au gain.

Le sandwich lui a redonné des forces mais aux vertiges de Tomi a succédé un malaise d'une autre nature, la sensation d'être prisonnier d'un champ magnétique étanche, qui brouillerait tout accès aux autres, la sensation d'un éloignement progressif qui le rend de plus en plus friable, irascible.

Il se fait indiquer le chemin jusqu'à la centrale de Praz-le-Haut et, alors qu'il rejoint sa voiture, avise un petit cimetière. Quelques stèles bancales, quelques pierres tombales rongées par le temps, quelques plaques qui semblent plus récentes, entretenues, peut-être une quinzaine de vies enterrées là. Il pousse la grille rouillée, la semelle de ses Timberland s'imprime dans l'épaisse couche de neige, vierge et étincelante. Étrangement, alors qu'elle a fondu tout autour depuis plusieurs semaines, que les rues et les toits sont secs, le petit cimetière est resté en l'état, l'état de l'hiver et du froid, comme si la neige avait été capturée entre les quatre murets de pierre, et Tomi s'enfonce jusqu'aux mollets dans la poudreuse. Il s'arrête devant chaque tombe, déchiffre, parfois avec peine, les noms gravés, Combaz, Versonnex, Faivre, Vuillard, Bornens, Corcevol – Priez pour leurs âmes. Parmi eux se trouvent peut-être des déplacés de l'ancien cimetière de Seyvoz, des cercueils exhumés, descendus à l'arrière d'une camionnette jusqu'à ce hameau isolé, et inhumés de nouveau, ou des squelettes déterrés, transportés en pièces détachées, puis recomposés pour être ensevelis ici, les sépultures exilées du village noyé.

Tomi se signe, un geste machinal, lointain souvenir d'une éducation vaguement catholique – il n'était pas allé plus loin que la profession de foi, la découverte de la composition de l'atome en classe de troisième l'ayant définitivement éloigné de tout dogme religieux –, puis il quitte le cimetière : il s'agit de ne plus se laisser divertir. Contact, demi-tour, il reprend la route en sens inverse puis, selon les indications du marchand de saucisses, aperçoit enfin la petite centrale de Praz-le-Haut et se gare sur la piste de gravillons qui entoure les lieux.

Décidé à évaluer d'un coup d'œil le bon entretien du bâtiment et l'état de vétusté du matériel, il se dirige vers l'installation électrique – une futaie métallique clôturée de grillage, un ensemble de câbles reliés au fer par de vieux isolateurs en verre couleur opale qui, en cette fin d'après-midi, capturent la lumière rasante de la montagne. Mais à mesure qu'il se rapproche, un grésillement monte, de plus en plus puissant et agressif, une onde infernale qui se propage dans son crâne et le fait reculer : c'est quoi ce truc ?

Quelque chose ici dysfonctionne, Tomi regarde les panneaux fixés au grillage, avertissant du danger sur fond jaune et noir, l'anxiété rétrécit sa poitrine. Le grésillement persiste, un bruit strident qui ne ressemble à rien de ce qu'il connaît, lui qui pourtant sait tout de l'électricité. Il bat en retraite, les vibrations s'estompent puis disparaissent. Tomi se raisonne – tout effet est précédé d'une cause –, pense alors à un défaut sur l'injecteur de la turbine Pelton, oui c'est sûrement ça, il faudra le signaler.

Rasséréné par cette hypothèse, il s'entête alors à faire le tour de la centrale. Bravant les turbulences sonores, il s'approche de nouveau du grillage, lent et précautionneux, comme s'il avançait sur un champ de mines, les paumes fermement plaquées sur les oreilles, mais le crépitement reprend de plus belle, une volée de clous, et réveille aussitôt des symptômes provisoirement endormis – céphalée éruptive, fatigue. Alors, couplée à la douleur, la nervosité fait retour, âcre, mêlée d'inquiétude. Découragé, il retourne à sa voiture d'un pas lourd, renonce une fois encore, ne souhaite plus qu'une chose, trouver refuge à l'hôtel et peut-être aussi Sophie, lui dire quelques mots, peu importe leur sens, avoir un échange, établir un contact.

Une pancarte ventousée à la porte du Val-Perdu indique complet, Tomi entre, las, et pas de Sophie à l'accueil. Y a quelqu'un ? Sa voix sonne incongrue dans le silence, puis il emprunte de nouveau le dédale de couloirs et de paliers pour rejoindre sa chambre, trouve devant la porte le même plateau-repas, les mêmes barquettes de nourriture – l'opercule transparent est encore chaud et perlé de vapeur. Il fait glisser le plateau à l'intérieur du bout de sa Timberland – même plus le courage de se baisser et de ramasser –, se déshabille nerveusement, comme un enfant malhabile, entre dans la douche avec l'espoir d'une eau qui revigore et efface, mais celle qui s'écoule est sale, légèrement visqueuse, laissant sur sa peau un film gras. Alors il écourte ces ablutions qui n'ont plus rien d'épiphaniques, qui ne lavent plus du doute ni de l'anxiété comme il l'avait espéré tout à l'heure, sur le chemin du retour, s'accrochant à cette idée de douche brûlante qui viendrait tout annuler, les maux de tête et les tourments.

Il s'étend sur le lit, serviette nouée autour de la taille, attrape son portable, aucun réseau, alors balance l'appareil sur la moquette, furieux, s'efforce à présent de sentir son corps qui pèse sur le matelas à ressorts, s'enfonce dans les spirales et la mousse, il contrôle son souffle pour vider la cage thoracique de tout résidu d'air, et de toute rage, ferme les yeux, l'iris chauffe, les paupières lourdes comme de la fonte, la chambre est un caisson hyperbare, étanche et sourd, il tâche de se détendre, et soudain ça gratte à la porte. Un bruit de griffes contre le bois. Il sursaute, hésite puis se lève, resserre le nœud de sa serviette, un pagne d'éponge jaune et élimée, on gratte de nouveau, on insiste, il ouvre maintenant d'un geste franc, et Tomi, béant, reconnaît un chien.

L'animal se tient sur le seuil, présence ferme et tranquille dans la travée de lumière, un chien aux proportions bancales et au regard avenant. Tomi n'identifie pas la race, un bâtard sûrement, un museau exagérément allongé, des oreilles en pointe, des pattes longues et fines sur un corps trapu, et dans la gueule entrouverte, une langue rose tendre qui fouette les babines. Il est là qui fixe l'homme en serviette de bain, semble attendre quelque chose. Tomi, aussi mutique que l'animal, s'est figé, interdit, le feu lui monte aux joues, une gêne soudaine et imprévisible, une honte absurde devant cette bête qui l'a surpris à moitié nu, devant ces agates noires et luisantes posées sur son torse glabre, ses jambes blafardes, soudain ridicules, dépassant de la petite serviette-éponge usée. Le chien n'entre ni ne jappe, l'observe toujours, et Tomi se voit maintenant idiot face à l'animal, à poil, bras ballants et bouche ouverte. Un courant d'air froid le traverse, il s'arrache enfin à l'embarras et la stupéfaction, s'ébroue à son tour : t'es perdu le chien ? tu viens d'où comme ça ? Il tend la main vers sa tête arrondie, veut caresser son pelage ras, mais l'animal se redresse, émet un léger glapissement et s'échappe dans le couloir. Tomi s'avance, désemparé, vexé peut-être : cela fait bientôt deux jours qu'il est arrivé dans cette vallée, et une fois encore, la vie se dérobe. Abattu, il se couche et dévale aussitôt la pente d'un sommeil caverneux.

Plus tard, le portable indique 3.55 quand il ouvre les yeux : quelque chose s'est déréglé. Son premier sommeil, fixé l'année de ses 20 ans, quand il a quitté le pavillon familial de banlieue pour une chambre de bonne en centre-ville, l'emmène habituellement jusqu'à trois heures, or il a débordé. De surcroît, il ne se souvient pas de son rêve et cela n'arrive jamais ; il sait qu'il a rêvé mais en a oublié la matière, ne lui en reste que la sensation d'une couleur, criarde, stridente, du violet peut-être ou un vert aveuglant, et beaucoup de lumière – il renonce à le noter sur son carnet. La serviette de bain a glissé au pied du lit et affolé il enfile son caleçon, sa polaire à même la peau, zippée jusqu'au menton, va à la fenêtre, il a besoin d'air, ouvre en grand.

La lune est pleine, laiteuse et métallique, phosphorescente, elle éclaire la nuit à basse tension, découpe les volumes, les silhouettes, les formes de la ville. Alors que sa vue s'acclimate aux teintes ardoise, capte les rayons d'étoiles pour mieux voir, un cri lui monte en flèche du ventre à la gorge, expulsé comme un hoquet, un cri qui résonne dans l'amplitude de la nuit, une décharge, une panique. Il se frotte violemment les yeux, écrasant ses poings sur ses paupières, tourne le dos à la fenêtre, fait quelques pas, soufflant comme un taureau dans l'arène, revient à la balustrade, se penche, incrédule, abasourdi, épouvanté.

Au-dehors, le paysage qui s'offre à lui est un décor d'apocalypse. Un mirage paranoïaque. La ville, déserte, aveugle, entièrement grise, ne se ressemble plus. Toutes les façades – des immeubles, des maisons, des commerces, des bureaux – sont bétonnées. Depuis le rez-de-chaussée jusqu'au premier étage, la ville est murée, condamnée, enchâssée dans le béton. Il est quatre heures du matin et voilà ce que Tomi a sous les yeux.

Du troisième étage de l'hôtel la vue sur le quartier est dégagée, il enjambe la balustrade, se tord le cou pour voir plus loin : partout des parpaings obstruent les entrées, les fenêtres, les vitrines, les ouvertures. La peur tambourine dans son corps, ça cogne des tempes à l'estomac, est-ce que je deviens dingue ? Le rêve que j'ai oublié, c'est ce cauchemar ? Dans les rues pas un bruit, rien ne bouge, les murs sont toujours là, qui bouchent les bâtiments, ont dérobé les habitants, pas un recoin n'échappe à la disparition. Tomi est pris de vertiges, il pourrait s'évanouir, il lui semble que la réalité tout entière est devenue menaçante, qu'à l'extérieur la catastrophe est imminente, ou qu'elle vient d'avoir lieu, se demande s'il doit rentrer à Paris, prendre sa voiture et fuir, alors referme précipitamment la fenêtre, tire les rideaux, se dit qu'il va faire un infarctus, qu'il doit trouver de l'aide, appeler les pompiers, les gendarmes, Sophie ou je ne sais qui, se demande s'il doit rassembler ses affaires ou s'allonger, il perd la tête, se le dit maintenant à haute voix – je perds la tête, je perds la tête –, et le prononçant fait affluer le souvenir inopiné et miraculeux de la vieille boîte de Lexomil au fond de sa trousse de toilette.

Vestige d'un licenciement qui avait déclenché insomnies et crises d'angoisse, Tomi avait conservé le petit cylindre vert comme un talisman qui le protégerait de la récidive, la boîte était là depuis des années, à peine entamée, amulette pharmaco-sentimentale, et ce médicament sera son salut. Le savoir tout proche, prêt à être absorbé, le réconforte aussitôt. Il gobe une barrette entière, dans l'espoir d'un effet massif, puis se cale entre les draps fermement bordés, et cherche à occuper son esprit le temps que la molécule agisse, à écarter l'effroi.

Sur le site de Drouot, la vente n'est pas encore close, le fétiche est toujours là, présence rassurante dans cette nuit désastreuse, comme si ses vertus chamaniques pouvaient s'exercer à distance, réduire son agitation.

Il a déjà éprouvé le pouvoir guérisseur de la statuette il y a dix ans, lors d'un voyage en République démocratique du Congo, dans le parc national des Virunga, une de ses randonnées annuelles et solitaires. Tomi a toujours aimé les longues marches, les bivouacs et les feux de camp et, au bout de la route, la découverte d'un animal extraordinaire, d'un paysage grandiose. Il était parti avec un guide à la rencontre des gorilles des montagnes, était tombé malade – la fièvre jaune peut-être –, soigné dans un village par un chamane qui s'était adressé à lui dans une langue bantoue aux sonorités revigorantes, brandissait une statuette Yaka badigeonnée d'ocre rouge, rehaussée de noix de kola à mâcher, et aussitôt il avait reçu un shoot d'énergie.

Sur le site de Drouot personne n'a enchéri, Tomi est confiant, il devrait l'obtenir pour moins de 7 000 euros et bientôt, qui sait, lui aussi établir un lien entre le monde visible et les forces invisibles. La benzodiazépine commence à agir, inhibe son activité cérébrale, le système nerveux central s'apaise, la détresse reflue, il pense alors qu'il a peut-être été victime d'une hallucination, liée à la fatigue, à l'extrême contrariété, à la proximité de ce lac d'altitude pourquoi pas – mais ne se relèvera pas pour vérifier cette hypothèse.

Désormais tout à fait anesthésié par la chimie, mais plus si fatigué, un miracle, Tomi décide, avec la volonté féroce du rescapé, et sans doute un peu d'emphase, celle qu'on déploie dans la solitude, unique spectateur de soi-même, de reprendre sa lecture de *L'Éducation sentimentale*, misant sur son pouvoir de le mener hors de lui ; il s'était interrompu au seuil de ce grand blanc dans la narration, à la page 450 de son Folio aux pages jaunies, et il sait par cœur les deux phrases qui l'attendent maintenant, celles qui ramassent les années escamotées de la vie de Frédéric Moreau.

Il voyagea.

Il connut la mélancolie des paquebots, les froids réveils sous la tente, l'étourdissement des paysages et des ruines, l'amertume des sympathies interrompues.

Tomi les relit plusieurs fois, et à haute voix, de nouveau émerveillé par leur acuité, leur brutalité et leur douceur emmêlées, la mélancolie justement, puis referme le livre, s'en tiendra finalement à ces deux phrases, les laisser diffuser et lentement reposer.

Son pouls a décéléré, fines pulsations désormais, régulières et espacées, le rythme de ses pensées a fini par se caler sur celui du cœur – l'effet conjugué d'un cachet et d'un livre –, il a occulté la vision infernale qui se tient peut-être encore derrière ces rideaux, mais les gardera tirés jusqu'au lever du jour, maintenant persuadé que la nuit et son second sommeil sauront remettre en ordre ses perceptions, sauront rétablir la réalité, sa trajectoire sensée, tel un fleuve sorti hors de son lit puis revenu couler paisiblement entre ses rives. Et pour que la raison reprenne tout à fait ses droits, pour ne pas s'endormir sur un échec de l'intelligence, Tomi entend comprendre ce qui lui est arrivé à la centrale de Praz-le-Haut, ce grésillement inquiétant, il voudrait en établir l'origine, alors se relève pour sortir de sa sacoche la maigre documentation glanée au bureau technique du siège, une série de schémas des centrales, une brochure consacrée à Seyvoz, *L'hydroélectricité de montagne, une stratégie pour demain*.

Il avait pensé à un défaut sur l'injecteur de la Pelton, consulte quelques chiffres qui lui sont inutiles – le débit maximum de 2500 litres par seconde –, parcourt les synthèses, les schémas, peu éclairants car trop simplifiés – c'est Brissogne qui devait lui fournir les plans détaillés. Qu'est-ce qui déconne dans cette turbine ? Si ce n'est l'injecteur alors quoi ? Le déflecteur ? Et si la roue d'acier n'est pas en cause faut-il formuler d'autres hypothèses, immatérielles celles-là ? Mais déjà ses yeux se ferment, d'abord par intermittence puis lourds comme des calots, le sommeil monte telle une crue, la brochure lui glisse des doigts, il bascule sur le flanc, et s'endort comme meurt un animal.

JOUR III

Le brouillard appartient à la terre et à l'eau, il monte, il ne cesse de monter, de même que monte l'affolement de Tomi, qui serre les mains sur le volant, le cou rentré dans les épaules, la plante du pied suspendue au-dessus de la pédale de frein. Les écharpes vaporeuses apparues au sortir de Faucelles ne forment plus qu'une crasse stagnante où il navigue à vue, où il s'enfonce, sûr d'avoir basculé du côté de l'informe et de la désolation. Son regard erre sans accrocher le moindre repère : le paysage a disparu. La montagne s'est désintégrée. Pulvérisée dans l'atmosphère en un amas de gouttelettes glacées qui dégoulinent le long des vitres et de ses tempes blêmes. La violente mélancolie qui l'a envahi au saut du lit s'est renversée au-dehors, elle a basculé de l'autre côté du pare-brise, elle se répand dans la vallée et tout se passe comme s'il roulait au ralenti dans son propre cerveau.

Au réveil, il a ouvert les rideaux avec appréhension. Même si dehors tout était à nouveau en ordre, un malaise subsistait dans la chambre. Il a sacrifié ses ablutions rituelles, la petite liturgie du soin et de l'hygiène de soi qui le tient du côté des hommes de travail, des actifs, il a liquidé le respect qu'il portait à son propre corps pour s'arracher au plus vite

– il avait les cheveux électriques, des courbatures, et de la ferraille dans la gorge –, a shooté dans le plateau du petit déjeuner posé sur le seuil de sa chambre, s'est figé devant l'auréole de lait qui s'étalait sur la moquette, puis a dévalé les escaliers, tendu à l'idée de croiser cette Sophie qui se foutait bien de sa gueule et qu'il aurait volontiers secouée comme un prunier pour lui faire avouer ce qui se passait dans cet hôtel, et voltigeant ainsi de palier en palier, mal boutonné, pas rasé, la bouche sale et les lacets défaits, il a couru à la voiture. La bourgade elle aussi lui a fait horreur, les rues aveugles lovées en escargot, les pavés suintant dans le jour encore pâle, il s'exhortait à fuir, bouge, bouge, et subitement, alors qu'il avait jusque-là bien encaissé le manque de nicotine, s'était désintoxiqué seul, misant sur les patchs, les gommes à mâcher et la technique Alexander – celle-ci afin de se défaire des automatismes du corps, de certains gestes indélébiles dont, précisément, celui de prendre la cigarette très bas, entre le majeur et l'index, et de fumer en se couvrant la bouche avec la paume de la main, fébrile –, on l'a vu freiner devant un bureau de tabac éclairé, monter sur le trottoir comme un petit malfrat en plein braquage, et s'engouffrer à l'intérieur, saisi sur-le-champ par les odeurs âcres de morue séchée, de café, et de charcuterie, mais ignorant les trois hommes qui fumaient dans l'arrière-boutique, jusqu'à ce que l'un d'eux se détache, massif et sombre, passe derrière le comptoir, et l'instant d'après Tomi se rassoit au volant de la Passat, une cartouche de Marlboro sous chaque bras, et gagne le rond-point de Faucelles bientôt pris en sandwich dans le flot des camions qui redescendent dans la vallée, puis bifurque après plusieurs tours de piste, sans abaisser son clignotant, une sortie, vite, n'importe laquelle.

Le brouillard boucane le dehors, et la route est devenue si étroite que les branches des conifères frôlent maintenant les portières, ventousent les vitres telles des griffes noires. C'est long, cette ascension, cela n'en finit pas. L'habitacle est désormais le seul îlot de réel, le dernier morceau de matière compacte, et Tomi s'y cramponne comme à la poutre d'un radeau – il pense à la statue vaudoue, se promet de ne pas jouer petit, de ne pas la laisser s'échapper. De temps à autre, des sapins percent l'opacité, semblables à des ombres spectrales sur un Polaroid, des troncs gris, calibrés à l'identique, soudain très nets et vaguement hostiles. Tomi se penche pour fouiller le sous-bois d'un regard latéral, donnerait beaucoup pour surprendre un chamois, un loup, une fleur écarlate, mais rien, rien, la vie se tient hors d'atteinte, insituable, la réalité s'est dissoute dans les fumigènes, et sans doute est-ce pour cela qu'il ne croit pas au troupeau de bêtes qui encercle sa voiture pile à l'instant où le ciel fait son come-back, pur et dur, et avec lui, le drapé de la montagne et la lumière rasante du premier soleil sur l'alpage. Il est au cœur du cirque de Seyvoz, tel le centreur du disque sur la platine.

En travers de la route, devenue ici chemin de terre, se répand un ondoiement de laine, et la chaleur qui émane du troupeau produit une autre vapeur. Tomi se dresse sur son siège, descend la vitre, l'odeur des bêtes, leur piétinement, leurs souffles, le tintement de quelques clochettes, les aboiements d'un chien, tout cela le reconnecte aussitôt à la vie chaude et bestiale, à la vie palpitante. Il tend un bras au-dehors, passe une main sur les toisons, enfonce ses doigts dans la laine : il est sauvé, le monde est de retour. Tomi songe à courir se vautrer dans ce moutonnement tendre, mais une silhouette humaine vient de surgir dans le fond du paysage, un bâton à la main – Moïse, le Passage de la mer Rouge, oui, d'autant que l'homme est grand et barbu, émacié, la casquette délavée, la pèlerine cirée et le jean raide de crasse : casse-toi ! L'homme siffle entre ses doigts et d'autres bergers apparaissent, le troupeau à mi-cuisses, trois types et une fille, des jeunes de même taille, la peau hâlée, les cheveux longs, ils encerclent la voiture sans échanger un mot puis, comme s'ils appliquaient une procédure, commencent à taper sur le capot en cadence, les lèvres closes, les yeux braqués sur Tomi piégé, ahuri – c'est quoi ce bordel ? Vingt ans guère davantage, les faces dures, fermées, mais les corps agités, ils frappent la tôle et scandent à chaque syllabe une même accusation : Vol-tang-a-ssa-ssin ! Vol-tang-a-ssa-ssin ! Tomi pose une main sur la poignée, prêt à sortir, prêt à en découdre, mais le chien qui aboie derrière la portière, ses crocs humides et sa langue disproportionnée flageolant comme une escalope, tout cela l'en dissuade. Il hésite, et l'instant suivant, Moïse vient coller son visage contre la vitre – un visage de pèlerin, magnifique mais effrayant vu de si près, les iris transparents, le front de pierre, les dents noires – : casse-toi, Voltang ! Le carreau se couvre de buée, Tomi recule sur son siège, mais ne démarre pas – comment le pourrait-il sans écraser quelqu'un, une bête ? – si bien que les jeunes bergers accélèrent le rythme de leurs slogans et de leurs coups, vite, de plus en plus vite, le bruit monte dans l'habitacle : Vol-tang-a-ssa-ssin ! Vol-tang-a-ssa-ssin ! Puis, comme s'ils évoluaient dans une cérémonie, se mettent à secouer le véhicule, à le faire tanguer de plus en plus fort, peut-être pour le désembourber, ou le retourner sur le toit, Tomi se retient au tableau de bord, de nouveau la boule amère, la rage, il va finir par se les faire, ces petits cons, mais voilà qu'il se demande subitement si l'un des gars qu'il aperçoit dans le rétroviseur, celui dont la crinière de dreadlocks frotte sur les reins, ne serait pas l'ex-petit copain de sa fille, l'un de ces amoureux rencontrés au judo.

Moïse a levé un bras vers le ciel et tous se sont tus, ont reculé d'un pas en arrière de la voiture, et le chien s'est éloigné parmi les bêtes. Tomi est alors descendu de la Passat, lentement, et quand les bergers ont vu ce type débraillé, la gueule ravagée, la polaire mal ajustée et les chevilles flottantes dans ses Timberland, ils ont froncé les yeux et se sont demandé, soudain déstabilisés, si c'était bien là l'incarnation de la puissance ennemie – leur vision du capitalisme industriel relevait de quelques stéréotypes datés, relevait du cigare et de la bedaine, du costume Lanvin, des grolles Berluti et de la montre Rolex, les prédateurs ayant toujours du coffre et de la mâchoire, jamais ils n'auraient reconnu le cadre supérieur d'une multinationale dans celui qui se trouvait devant eux, là se tenait leur naïveté, là se tenait ce qui a finalement permis qu'un dialogue ait lieu.

Car tandis que Tomi s'allumait une Marlboro, Moïse, lui, s'est roulé une clope sur le capot de la bagnole, puis a donné un coup de langue sur sa feuille de Rizla+ et après avoir tiré une première taffe, a déclaré, radouci : tu n'es pas le bienvenu ici, Voltang, et je vais te dire pourquoi. D'un bond léger, il a grimpé sur un rocher comme on monte sur une estrade de campagne, le troupeau et les bergers ont lentement convergé à ses pieds, et sachant que tous le suivaient des yeux, et que la montagne exhaussait sa parole, il a proclamé : tu as détruit notre vallée,

Voltang, tu es venu ici en colon, en occupant, et tu as noyé nos maisons, nos granges, nos tombes, tu as électrifié le fond de la bouillasse pour que les citadins puissent faire tourner les sèche-linge, tu as rackett é les sols et coulé des tonnes de béton pour ériger un mur sur la rivière, ce mur hideux du progrès, et tu oses à présent parader sur les hautes terres.

Effaré, Tomi a croisé les bras, manière d'afficher sa patience, de manifester qu'il attendait que ça se passe ; il a fumé sa clope les fesses écrasées contre la portière, le regard baissé sur les moutons qui broutaient ses lacets. Moïse discourait les yeux tournés vers le ciel, une figuration de la ferveur dans une peinture d'église, la voix grasseyante : tu es de ceux qui ont tout salopé, Voltang, de ceux qui ont tout rançonné, tu es de cette génération qui ne laisse en héritage qu'une catastrophe.

Tomi se savait trop épuisé pour débattre sans s'énerver, et ressassait en lui-même quelques arguments appris dans un séminaire de formation – Voltang a fait de ta cuvette arriérée un lieu de bien-être et de civilisation, a utilisé la force de l'eau pour produire une énergie neuve et gratuite, a enrayé l'émigration des hommes durant l'hiver, a permis que les enfants partent faire des études, la douche chaude et l'éclairage public – quand Moïse a soudain élevé la voix : nous sommes les derniers bergers sans terre, les herbassiers, les nomades d'altitude ; nous réactivons de vieilles routes de transhumance, nous suivons les sentiers forestiers, les pistes, le cours des torrents glacés, nous avons fui le pays corrompu pour vivre au pays sauvage, et nous sommes libres ! Puis, pour conclure sans doute, il hurle *People under no King !* et Tomi se souvient sur-le-champ de *Stanislacz*, le groupe de punk rock de ses années de fac à Nancy, et de ce cri poussé en ouverture de chaque concert, annonçant le partage de la fosse en deux camps qui bientôt se précipiteraient l'un contre l'autre, et pogoteraient. Il aurait aimé s'attarder sur ce souvenir, mais les autres bergers répondent tous par ce même cri de guerre, et Tomi se décide à filer, s'apprête à ouvrir la portière, quand le garçon aux dreadlocks fait un pas vers lui, grave et plein de sollicitude : t'as pas l'air bien vieux, viens avec nous ! Les mêmes yeux vert d'eau que l'ex-petit copain de sa fille, ce petit salaud pour qui elle avait rampé plus bas que terre, et sec, noueux lui aussi, vêtu d'un marcel blanc et d'un froc militaire, des colliers de graines autour du cou, un bandana à la pirate, et cette peau nue et hâlée dans le froid matinal. Tomi chuchote : c'est toi, Malek ? et se précipite sur lui, le front baissé et le torse très en avant, mais le jeune type aux dreadlocks pousse un yodel tyrolien puis s'éloigne en sautant par-dessus les bêtes – saute-mouton, précisément –, le troupeau le suit dans un ébranlement de débâcle, deux cents moutons pressés les uns contre les autres, avalés lentement dans un pli du paysage.

Le silence se reforme dans l'instant, un silence absolu, un silence fou, antédiluvien : rien n'a jamais eu lieu ici, aucune rencontre, aucune parole humaine, aucun cri de bête. Debout devant sa voiture, interdit, le regard perdu sur les volutes graphiques que dessine ce mot, *Voltang*, Tomi ne voit pas revenir le brouillard, le crachin, la neige, le grand voile qui soudain retombe sur sa conscience, et sa pommette heurte le sol de la montagne.

Elle se penche au-dessus du trou. Les épaules rejetées en arrière mais le cou en avant, si tendu que les jugulaires se haussent sous la peau, semblables à de fines baguettes chinoises. J'ai peur qu'elle tombe, qu'elle bascule dans le vide. La grosse tête, les gros seins, le gros ventre. Un poids qui la pousse en avant quand ses jambes – droites, raides, des poteaux – semblent scellées dans la neige. Une main rouge la retient par l'avant-bras, agrippe son mauvais manteau de laine, regarde pas ça, mais elle continue de se renverser au-dessus de la fosse, les yeux exorbités, le dos bientôt perpendiculaire au sol, 35 ans, peut-être moins, blonde, le nez aquilin et le front plat, rouge lui aussi, la peau couverte de plaques. Un attroupement s'est formé à présent, ça bouge, ça se bouscule, certains jouent des coudes et se faufilent pour mieux voir, la femme gémit maintenant, on l'entend, elle donne un violent coup d'épaule pour dégager la main qui la retient, ses pieds nus, gonflés dans les souliers de cuir, glissent, se rapprochent de la fosse, centimètre par centimètre, quand soudain ils dérapent, partent en avant, trouvent le vide, si bien qu'elle chute sur les fesses, paf, s'affale comme un sac, et ses jambes pendent dans le trou – je crains qu'elle y perde une chaussure. Ahurie, elle tire de sa poche un mouchoir qu'elle plaque sur sa bouche, éclate en sanglots, quand le silence autour d'elle impressionne.

À cet instant un des jeunes du hameau de Savrebennes sort des rangs et vient passer ses mains sous ses aisselles afin de la tirer en arrière, de l'éloigner de la fosse, mais il glisse à son tour, tombe sur le cul – la scène, chaplinesque, ne déride pas un visage –, le gars s'empourpre, il désigne un type du menton, tu m'aides ou quoi ? l'autre s'avance et ensemble ils relèvent la femme blonde. L'incident a augmenté la tension dans l'enclos, les visages sont furieux, crispés, il faut accélérer maintenant, chaque minute qui passe nous enlise, Pietro et Luc font reculer ceux qui piétinent, on va commencer, s'il vous plaît, reculez-vous, mais personne ne bouge, et pour la première fois je me dis que les choses pourraient mal tourner.

Ils sont partis de Valryeux à cinq heures ce matin pour être là-haut avant le lever du jour. Le départ a pris des airs d'opération commando – canadiennes ceinturées à la taille, bottes fourrées, gants épais, casse-croûte dans une caisse, et les pelles à neige, pioches, cordes – mais les gars ne jouaient pas aux durs, loin de là, ils baissaient la tête et fumaient en silence autour des camions en raclant le sol du bout de leurs godasses : exhumer un cimetière n'est pas chose gentille. Beaumichel a vérifié les papiers, l'ordre de mission préfectorale, la bafouille de l'évêque, après quoi Pietro et Luc sont montés avec Fredo, qui a conduit. Congères, verglas, virages fermés, ils ont roulé lentement, en convoi, trois camions, huit hommes – le roulis des chaînes répercuté jusque dans les rotules, une onde. À l'instant où ils ont vu le mur du barrage, le jour s'est levé, et Luc qui n'était pas revenu depuis plusieurs mois a poussé un cri, puis s'est dévissé le cou vers la vitre, bouche ouverte.

Ils ont dû réduire les moteurs une fois doublé les premières maisons de Seyvoz, roulé vers le cimetière à travers les flaques d'eau sonores, et sont allés se garer devant la porte des Morts afin de réduire la distance entre les tombes et les véhicules. Dehors, la température avait chuté, le froid cramait leurs visages. Le garde champêtre les attendait en uniforme devant l'église, affolé, tremblant comme une feuille et les yeux roulant sur le côté, il a balbutié un début de phrase – « en tant que représentant de la force publique » – mais n'a pas pu aller plus loin, trop ému, et tous l'ont suivi dans l'enclos paroissial où j'imagine qu'ils ont été surpris de voir que la neige avait tout recouvert, une couche si épaisse que les croix des sépultures perçaient à peine, semblables à des mains en train de se noyer justement, et appelant à l'aide. Les gars étaient inquiets : merde, on va faire comment pour s'y retrouver ? Ils ont déplié le plan longuement étudié la veille, sachant que l'opération serait délicate, et qu'ils seraient attendus. Sur ce document aux plis fragiles, un cadastre funéraire faisait voir deux surfaces distinctes, Le Vieux-Cimetière et Le Prairial, ouvert quand le précédent fut saturé – ras la gueule, avait-on dit. Dans la première zone, dense, pentue, les tombes étaient tracées à touche-touche autour de l'église, serrées en désordre dans son ombre froide et reliées entre elles par un lacis de chemins de la largeur d'un pied humain. Le plan situait chaque concession et relevait le nom des occupants, ici les vieilles familles de la commune, les Patrecamps, les Boissonaz, les Corcevol, ceux qui avaient gagné la montagne quand elle n'était encore qu'une zone de relégation, l'habitat des proscrits, des ermites, le refuge des hérétiques persécutés dans la vallée, une zone sans maître où ils avaient débarqué à pied, poussant du petit bétail et de pauvres charrettes jonchées de paillasses et de linge piqué, soudain criant de joie car il y avait là des pâtures et de l'eau, avant d'endurer les mois d'hiver coupés du monde, reclus dans la vie communautaire : ces familles qui avaient bâti Seyvoz. Le Prairial, en revanche, était une parcelle plate, vaste, orientée au nord, un cimetière qui rassemblait les caveaux de ceux venus vivre à Seyvoz après la Première Guerre mondiale, les hôteliers, les commerçants, et parmi eux, les « Lyonnais » qui avaient rapidement contrôlé les cols et ouvert des échanges avec le nord de l'Italie, leurs sépultures hautes, certaines ostentatoires, toutes alignées au cordeau le long de travées de largeur égale ; et enfin, je sais qu'ils ont frémi quand ils ont lu sur la plaque *Mur des péris au massif* dans l'angle nord, et levé les yeux vers le mont Néant, sombre, massé devant eux.

Un mélèze au milieu du Vieux-Cimetière leur a servi de repère, ils ont déterminé où donner les premiers coups de pioches, mais le temps de revenir aux camions pour y chercher le matériel – cordes, bêches, pieds-de-biche et autres outils de fossoyeurs –, le village a surgi : soudain, il était là. Le maire en écharpe, le prêtre en soutane, des hommes qui avaient sorti leurs décorations, des femmes en manteau et souliers de ville, les cheveux crêpés en coque au-dessus du front, le sac à main de cuir verni. Quelqu'un a gueulé foutez le camp, collabos, pelles à merde, le maire a levé un bras, et dans le silence revenu je les ai vus se toiser à distance. Beaumichel a fait trois pas en avant, il a pris soin d'ôter sa casquette, a dit nous sommes les fossoyeurs, nous avons un mandat – le nuage de vapeur qui s'effilochait hors de sa bouche créait entre eux un écran. Comme le garde champêtre refusait de le faire, c'est Beaumichel qui a donné lecture de l'ordre du préfet : abandon du cimetière de Seyvoz, exhumation, transfert et inhumation des corps dans le cimetière nouvellement ouvert du hameau du Ruz, autour de l'église que l'on finissait de bâtir – un fac-similé de Notre-Dame-des-Neiges dont les habitants de Seyvoz haïssaient l'idée, jurant qu'ils n'y foutraient pas les pieds. Une voix a percé de nouveau, aiguë, touchez pas à nos morts, salauds, alors le prêtre a entonné sa psalmodie et les villageois lui ont emboîté le pas vers le cimetière, où ils ont regardé les croque-morts faire leur travail, hostiles et résignés.

La femme blonde s'approche du cercueil que Martial et Lucas ont hameçonné hors du trou, usant de cordes à crochets, une boîte récente, en pin clair, aux poignées d'argent tressées d'edelweiss – le document fait état d'une fillette de 7 ans, morte six mois plus tôt. Elle pleure, elle a peur – d'ailleurs, c'est moins la colère qui gronde à présent que la peur, les superstitions relancées dès lors que l'on remue un cimetière. Les cinq autres cercueils remontés de cette fosse sont de plus en plus noirs, souvent fendus dans la longueur, des incisions d'où s'échappent des gaz de décomposition. À la fin, Luc a déroulé une échelle de corde, s'est tourné vers Pietro, a murmuré vas-y, c'est bon, il a rabattu son écharpe sur son nez et on l'a vu descendre – c'est toujours lui qui inspecte les fonds de fosses, rassemble les ossements, les débris, et parfois manipule ce qu'il reste des morts, on dit qu'il aime dégringoler dans le puits de lumière jusqu'à trouver l'obscurité, aller toucher ce qui a été confiné dans l'épaisseur du sol, au plus profond, cette mémoire obscure, luisante, qui parfois le projette au temps des premiers cimetières, quand les vivants et les morts se sont établis ensemble, le tertre funéraire devenant cet espace sacré où ils se côtoyaient enfin, où ils étaient réunis, et l'histoire de la communauté désormais dicible.

Dans la descente, l'air change de texture, il devient glacé, pulvérulent, chargé d'odeurs minérales, d'émanations d'oxyde de fer, d'effluves de caves, et une fois au fond, Pietro balaye le sol à la lueur de sa lampe de poche, et le froid conservant les corps, je me demande s'il pourrait se retrouver face à un être momifié, ou à une bête préhistorique semblable à celles que l'on exhume du permafrost en Yakoutie du Nord, le faisceau de sa lampe atteint des débris dans une alvéole de roche, ça ressemble à un crâne étrangement fêlé, on distingue quelques ossements épars, d'un gris cendreux, et au sol une petite croix de fer, alors il lève la tête et appelle, sa voix résonne, quelqu'un se penche à contre-jour, c'est Martial, il lui crie d'envoyer la corbeille – un plateau de toile aux armatures métalliques – afin d'y déposer ces restes, qui sont d'après le document ceux d'Hercule-Marie Patrecamps, premier forgeron de Seyvoz.

Pile à l'instant où Pietro remonte, il se prend une boule de neige en pleine face, et soudain la situation dégénère : des habitants de Seyvoz, dont le maire de la commune, commencent à canarder en tous sens, tandis que Martial et Pietro saisissent leurs pelles à l'horizontale et en usent comme d'une lance pour repousser ceux qui les encerclent, ils gueulent barrez-vous, charognards, foutez le camp, une femme en chapeau gifle Luc ahuri quand là-bas, en travers de la Porte des Morts, deux ou trois autres bloquent le passage de Jeannot et Louis qui transportent vers les camions un cercueil de pin clair – celui de la fillette. Le prêtre a beau courir partout, la soutane soulevée dans son dos dévoilant ses jambes maigres et ses chaussures de marche à lacets rouges, il a beau parlementer devant les stèles et argumenter que le Royaume de Dieu s'étend sur toute la montagne, personne n'écoute. Alors le sang coule sur la neige, aussitôt absorbé, devenu une auréole rosâtre : Camille a reçu un caillou acéré sur le front. Ça gicle, mets-y de la glace, hurle Louis. Soudain, un type se hisse debout jambes écartées sur une croix de pierre et crie à pleins poumons : les morts nous gardent, ils nous protègent, ne les laissez pas partir ! Mais l'État avait tranché, le préfet l'avait écrit et quelque part, dans la poche poitrine de Beaumichel, replié, se trouvait l'ordre d'exécuter ce transfert.

La femme blonde a tiré Martial par la manche alors qu'il s'abritait au flanc de l'église : nos morts seront rangés pareil dans le nouveau cimetière ? Ils vont pas être mélangés ? Son visage ruisselait de larmes. Je sais que Martial s'est retenu de lui crier qu'il n'y avait plus personne là-dessous, seulement des os, des boîtes que le temps et le froid avaient fini par éclater, il n'y avait plus personne depuis longtemps, mais il a tourné la tête. À présent, la bagarre s'affaissait, les insultes retombaient, ceux du village s'étreignaient, se frottaient les yeux, quelques-uns se recueillaient devant une pierre tombale – j'ai reconnu le père Brax devant celle de son fils Antoine, un jeune guide *péri au massif*, une tombe dont il avait lui-même taillé la stèle, dessinant au burin la ligne des crêtes environnantes, car la montagne entière était son tombeau. Les gosses rôdaient maintenant autour des trous, mains dans les poches, et j'ai vu Beaumichel faire signe aux fossoyeurs que c'était bon, qu'on allait pouvoir commencer.

Il a reconnu la voix de la fille alors qu'elle était de dos, derrière le comptoir, les bras levés vers les étagères de bouteilles, gracieuse, la crinière Jackson Five et les hanches moulées dans un jean taille haute qui lui rendait justice. Cette voix de crécelle sortie d'un film des années 80, cette fréquence de fausse idiote, haut perchée, instable, tandis qu'elle s'adresse à un mec juché sur un tabouret, affalé sur sa bedaine : tu veux quoi comme rhum, chéri ?

Rhum, chéri. Deux mots que Tomi capte de loin et qui sucrent son oreille, tout comme le caressent les lueurs orangées du bar où il vient de débarquer, étourdi dans l'instant par la musique, la chaleur humaine, les corps au contact. Il se dirige vers le comptoir, sinuant parmi ceux qui se tiennent là, debout, regards flous et bouches ouvertes, bière à la main, les pieds immobiles mais un genou battant la mesure, des saisonniers que la fille hèle par leurs prénoms – des Léa, des Julien, des Steve –, des trentenaires à moitié ivres. Il avance captivé par le cou de la fille, par ses omoplates qui pointent sous son pull rouge, et cette voix haute, cette voix d'aiguille qui va peut-être enfin lui dire ce qu'il fout là, et ce qui se passe ici.

Elle fait volte-face : c'est elle. La fossette sur le menton, la peau mate, le nez en trompette, elle est ébouriffée, les manches retroussées à la saignée du coude, l'œil direct, et toi, qu'est-ce que je te sers ?

Le tutoiement lui fait l'effet d'un rush érotique, Tomi toussote, remue, se balance d'un pied sur l'autre, et d'une voix sourde, lente, vaguement accusatrice, lui rappelle : vous êtes venue au barrage avant-hier, on s'est vus. Elle fait l'étonnée, arrondit les yeux, puis éclate de rire, la tête en arrière, ses dents apparaissent, des dents de louvette, enfantines et carnassières : oh j'y vais tous les jours au barrage, tu sais, plusieurs fois par jour même ! Elle décapsule deux bières qu'elle pose sur le bar, fait signe à un type de venir les prendre, puis se tourne de nouveau vers Tomi : alors, qu'est-ce que tu veux boire ? Mais il insiste : vous êtes venue me prévenir, vous conduisiez une voiture rouge. La fille s'est détournée pour faire la bise à une copine et lui indiquer une table libre là-bas au fond, puis elle a plongé ses mains dans l'évier empli d'eau sale, et tout en fronçant les sourcils, elle répond à présent avec douceur, s'adressant à lui comme à un être vulnérable : d'accord, et te prévenir de quoi ? Tomi déglutit : Brissogne. Il a jeté ces deux syllabes par-dessus le comptoir comme on lance des cubes d'allume-feu dans l'âtre, pour que ça flambe et que ça crache, comme si ce nom était celui de la dernière chance, celui de la dernière tentative, et miracle la fille hoche doucement la tête tout en s'essuyant les mains sur son tablier, puis elle regarde Tomi, grave, et admet : Brissogne, oui.

Tomi abat son poing sur le comptoir du bar : putain ! Quelques visages se tournent dans leur direction mais le brouhaha couvre son cri. Ça y est, ça répond, il y a quelqu'un en face et le monde existe encore. La fille le toise, poings sur les hanches. Premier sourire de Tomi : un whisky please, un double, un sec.

Il s'était cru mort sur le plateau. Il s'était vu dans un œil qui prenait lentement de l'altitude – l'œil d'un oiseau peut-être, ou celui d'une caméra, l'âme qui s'échappe du corps au cinéma –, sa dépouille rapetissée dans le froid, esseulée, de plus en plus fragile, et comme régurgitée de la montagne, telle celle d'un alpiniste disparu lors d'une très ancienne course et que la fonte des neiges rendait aux hommes. Il s'était reconnu, ses cheveux châtains, ses chaussures montantes, ses vêtements pâlis, les flocons les recouvrant d'une pellicule translucide. Et entamé, Tomi l'était, même si sa plaie était invisible, indécelable. Personne ne sait où je suis, a-t-il pensé. Puis comme si son système sensoriel s'était déréglé sous l'effet du choc, libérant de nouvelles possibilités de percevoir la réalité, il s'était vu d'en haut, il s'était vu étendu de tout son long sur l'alpage, un gisant, et s'était relevé avec précaution, et la douleur, tout comme l'herbe piétinée et les dépôts de laine sur le sol, a fait revenir l'épisode des herbassiers – leurs visages osseux, leurs oreilles percées d'écarteurs, leurs dents jaunes, leur hargne sèche, et plus que tout leur haine de Voltang. La Passat avait toussé avant de démarrer, et Tomi, transi, les articulations raides, avait longtemps fait chauffer le moteur avant de redescendre doucement dans la vallée. Jusqu'à ce bar, donc, apparu à la nuit tombée dans ce hameau perdu, et cette fille qui le raccroche au cours de sa vie, à Voltang, au lac de Seyvoz.

C'est vous, Marjorie ? Derrière elle, punaisée, une affichette où elle est photographiée devant le barrage en combinaison noire, le masque sur le front, ruisselante, une image que Tomi lui désigne des yeux. Vous êtes monitrice de plongée ? Il boit son whisky à grandes lampées, la pupille au ras du verre, les coudes sur le comptoir. La fille lui sourit, charmeuse : c'est écrit, c'est donc que c'est vrai, non ? Il la suit du regard tandis qu'elle fait maintenant le tour des tables un plateau à la main et revient chargée de chopes sales qu'elle dépose dans l'évier. Vous plongez où ? Un coup de menton vers l'arrière, elle lui répond : dans le lac, y a plein de choses à voir sous la surface, avec ce qui s'est passé. La phrase vibre quelques secondes, puis la fille se retourne, soudain ses gestes s'accélèrent, elle recharge le plateau – vodka, glaçons –, file servir à l'autre bout de la salle, et quand enfin elle revient se poser devant lui, elle penche la tête sur le côté, plante ses yeux dans les siens et lui propose, rieuse : je peux t'emmener plonger si tu veux. Le volume sonore du bar semble s'être réduit à un ronronnement sensuel, basse continue de murmures et de verres qui s'entrechoquent sur fond de ballade country, mais leurs voix se captent sans effort, s'écoutent et se répondent comme si elles se posaient au-dessus des autres. Ça te dit ? Un cours particulier. Juste nous deux. Tomi se passe une main sur le torse, il a du mal à respirer, recommence à se balancer d'un pied sur l'autre, son regard esquive les seins sous le pull rouge, caracole sur l'alignement des bouteilles, mais elle le fixe, joueuse, ne le lâche pas : c'est une expérience tu sais, faire de la plongée en montagne, ça ne t'arrivera pas souvent. D'une autre il se serait dit qu'elle était rentre-dedans, mais d'elle il ne se dit rien, béant lui aussi, béant et affolé, il acquiesce d'une manière si confuse que la fille tire un stylo de la poche arrière de son jean, et inscrit son numéro sur un sous-bock qu'elle lui tend en clignant de l'œil : appelle-moi. Un type en doudoune blanche bascule soudain son buste par-dessus le comptoir, et satellise Tomi dans les coulisses de la situation : Carlo ! Elle lui passe les bras autour du cou, une accolade d'un enthousiasme exagéré, tandis que Tomi reboutonne d'une main absente le bas de sa chemise qui laisse voir son ventre blanc et mou, se redresse, puis redemande un whisky please, un double, un sec.

Comment a-t-il fait pour rentrer sans finir dans un ravin, sans se perdre ? Comment a-t-il pu retrouver le chemin du Val-Perdu ? Il est près de minuit quand il se gare devant l'hôtel éteint, saoul et euphorique, les gestes imprécis si bien qu'il pianote plusieurs fois sur le digicode avant de réussir à l'ouvrir. À l'intérieur, tout est plongé dans une obscurité totale, pas même un éclat sur les miroirs, les rampes métalliques, les poignées de portes. Il progresse à tâtons et parvient à gagner sa chambre où l'ampoule du plafonnier s'allume, grésille, puis éclate à l'instant même où il s'affale tout habillé, et sombre, aspiré par le fond du lit.

À quatre heures, c'est l'interlude au creux de la nuit, l'entracte de veille nocturne. Tomi se découvre lourd, sale, le corps engoncé dans ses vêtements, baignant dans une forte odeur de whisky, mais étrangement calme. Il se redresse aussitôt, saisit son carnet, écrit :

> *16 avril : c'est moi enfant, au cirque. Je dois avoir 6 ans, je porte le ciré jaune que j'aime tant, je suis assis au premier rang. La fanfare se met à jouer plus fort, un cheval entre au galop sur la piste, il est monté par une femme qui porte un justaucorps doré et un diadème, ils font plusieurs tours de piste avant que je ne me rende compte que la cavalière est unijambiste. Alors je rougis, je la trouve encore plus belle, je suis ému.*

La figure anthropomorphe occupe maintenant l'intégralité de la page d'accueil de la vente : les enchères se sont emballées. Dix mille euros. Tomi se raidit. Il scrute longuement la patine rougeoyante – un enduit d'huile de palme, frotté avec de la pâte de khula rouge –, il zoome sur la coiffure, sur la face stylisée, les oreilles minuscules, les globes oculaires proéminents aux paupières incisées d'une fente. Il la caresse. Dix mille, c'est beaucoup, c'est trop, c'est n'importe quoi. Le compte à rebours défile à l'écran. Plus que neuf minutes et vingt secondes pour enchérir. Tomi défait ses chaussures, se déshabille, passe à la salle de bains s'asperger le visage, se dit qu'il peut le faire, acheter cette statuette, que c'est possible, au fond, il dépense si peu, sa fille le lui reproche assez souvent – papa, tu vis comme un rat d'église –, il attrape son paquet de clopes, s'enveloppe dans le couvre-lit, ouvre la porte-fenêtre, fume, l'étoile du Nord brille, la convoitise monte en lui, un désir qu'il n'a pas éprouvé depuis longtemps, la cigarette se consume, il sait qu'il va le faire, il sait qu'elle est pour lui, le compte à rebours est une machine à tendre le temps, trois minutes, puis deux, puis trente secondes, soudain la voix du commissaire-priseur annonce 11 000, quelque part un autre que lui convoite la statuette Yaka, 11 500, 11 700, il reste dix secondes, il écrase le filtre sur la rambarde du balcon, se précipite vers l'ordinateur, surenchérit, et l'on entend alors un cri de victoire s'élever dans le Val-Perdu.

JOUR IV

Le sous-bock, merde, où je l'ai foutu ? Le sous-bock Kronenbourg, caractères rouges sur fond crème, typographie gothique, vaguement vintage. Il revoit le bar la nuit dernière, la fille penchée sur la rondelle de carton posée à même le comptoir, écrivant, sa tignasse semblable sous les spots à une pelote de fils métalliques, la scène est nette, l'image hyperréelle bien que prise dans un miroitement nocturne, il revoit tout, et mieux, il entend, la voix aiguë, presque sifflante, corrélée au pull rouge, appelle-moi. Il est nu dans sa chambre et retourne un à un ses vêtements bouchonnés sur le sol, fouille ses poches, se dit qu'il a oublié le petit carton dans sa bagnole, s'apprête à sortir sur le parking pour aller inspecter la Passat puisque rien n'est plus urgent en cette seconde que de mettre la main sur le numéro de la fille, quand, au moment de passer la porte, il le repère sous son lit, face contre terre, les chiffres tracés en demi-cercle, et un prénom au-dessous, Marjorie, avec une bulle sur le « i ».

Allô ? Il est assis sur le rebord du matelas, les pieds écartés et les coudes sur les genoux, la tête basculée vers le sol. Il l'a appelée sans attendre, sans bien savoir quoi lui dire, sans même prendre le temps de penser à la manière dont il se présenterait à elle – « je suis le type de Voltang », ou « je suis le type des doubles whiskys », ou encore « je suis le type qui viendrait volontiers plonger avec vous » –, mais certain, en revanche, qu'elle se souviendra de lui. Il l'appelle comme on se jette à l'eau.

Elle décroche à la première sonnerie : j'attendais ton appel. À ces mots, il se redresse, interceptant son reflet dans le miroir en pied du placard, c'est lui, c'est sa chair blême et compacte comme un bardage sur l'abdomen, c'est son ventre lourd, ses jambes fortes et sous le pli du pubis, son sexe pâle. Donc tu veux venir voir le fond du lac ? Elle organise, elle est efficace, pense à tout. Lui donne rendez-vous d'ici une heure, au barrage, j'apporte le matériel. Il acquiesce à tout ce qu'elle propose, il ne cesse d'acquiescer, il tient le sous-bock à la main, les lettres rouges faseyent devant ses yeux. Il l'a appelée pour qu'elle lui confirme qu'il est vivant.

Encore un mois avant les Saints de glace, l'air est de plus en plus froid et tranchant, accordé à leurs cœurs. Le sous-préfet est venu en mairie faire lecture de l'arrêté signant la disparition de Seyvoz comme chef-lieu. J'imagine la même rengaine irritante, le sacrifice du village pour la grandeur de la France, leur belle abnégation et la profonde reconnaissance de l'État. Le père Brax était présent, hautain et renfrogné dans sa canadienne rapiécée, il grinçait des dents à s'en faire péter l'émail, et la vieille à ses côtés, en costume traditionnel, baissait ses yeux rougis, tordait ses mains calcifiées, mais pas d'esclandre. Demain ils démontent la cabine téléphonique et le monument aux morts.

Quelques flocons épars, collants et ternes, une neige triste : au village rien ne va plus entre ceux qui ont refusé les indemnités d'éviction, les accords d'expropriation, les propositions de relogement, et ceux qui ont pris l'argent sans état d'âme, accepté un petit commerce dans la vallée contre l'abandon de la ferme familiale. Des amis d'enfance ne s'adressent plus la parole, l'aîné des Clusaz s'est battu avec un des garçons Chevril en pleine rue. Cela fait des mois qu'ils assistent impuissants à la montée du mur, il monte tant et si bien qu'on dirait qu'il va leur boucher le soleil. L'autre jour, la petite Fanny a crié : oh regardez il y a un château dans la montagne !

Le baromètre est remonté la nuit suivante, l'air est tiède. Un avis « fait savoir aux habitants de Seyvoz que tous ceux qui n'auront pas définitivement quitté les lieux le 30 avril 1952 ne pourront percevoir aucune indemnité d'éviction ». Les rues sont vides, seulement percées du croassement sinistre des corbeaux, comme un avertissement, ou une menace. Le lac se remplit au rythme d'un mètre par jour, le niveau grimpe, ici et là des flaques suspectes apparaissent, discrètes retenues d'eau qui s'étendent, grandissent, comblent les nids-de-poule et préfigurent l'ennoiement à venir.

Le jour d'après le ciel est d'un bleu d'encre diluée, strié de filaments nuageux, c'est la fin. Des agents des PTT ont coupé le téléphone en pleine nuit, à l'abri des regards et des protestations. Depuis l'aube les villageois perçoivent le grondement du bulldozer qui déblaye les ruelles pour faciliter l'évacuation. Sur la porte de la mairie on a placardé le calendrier de dynamitage des maisons, les policiers sont de plus en plus visibles et arrogants, les journalistes aussi, qui les harcèlent de questions vicieuses, tentent de faire cracher aux habitants leur désespoir, et un photographe de *Paris Match* a même fait le portrait de la vieille Brax. Je sais que certains n'y croient toujours pas, sont prévenus depuis des mois pourtant, ont reçu la visite de représentants de la préfecture venus évaluer leurs biens puis contrôler l'avancée des préparatifs, mais ils ne veulent rien savoir, jusqu'au dernier moment ils imaginent rester, et que le mur s'effondrera. Mais ce sont eux qui seront bientôt engloutis, avalés par la grosse bouche du lac, digérés dans 240 millions de mètres cubes d'eau. Encore quelques jours et leur communauté sera dispersée aux quatre coins de la vallée, et sans doute au-delà, jusqu'à Paris peut-être. D'ici la fin de la semaine, la scierie, l'épicerie, la mercerie et l'hôtel seront détruits. Pour l'école, la mairie et l'église, ils attendent un peu, redoutent certainement les réactions des derniers hussards de Seyvoz, une poignée mais toujours disposés au sabotage et à la désobéissance – les fils Clusaz et Mossette, Robion le facteur, et qui sait le vieux Planche. Pour le reste, la plupart sont sans illusions, il y aura de la résistance suivie d'une rapide capitulation.

Un grand soleil ironique est de retour, tout le village est dehors, l'ambiance à la fois crépusculaire et nerveuse. Certains, sombres, dont on n'aperçoit que les dos et les casquettes enfoncées jusqu'aux oreilles, sont réunis en conciliabule sous le préau de la mairie, d'autres errent dans les rues devenues boueuses en attendant que le destin se charge d'eux, d'autres encore, calmes, entassent leurs biens dans des camions affrétés par la compagnie d'électricité : matelas, vaisseliers, malles et buffets en mélèze transportés par les hommes de la famille et sanglés à la va-vite, quelques couvertures jetées, un chat dans un panier. Des plus modestes, des plus rétifs se contentent d'une carriole tirée par un cheval, préfèrent se débrouiller seuls, surtout ne rien avoir à demander.

Je pense aux images de l'exode en 40, je ne devrais pas mais je pense aux Allemands, aux occupants : quatre compagnies de CRS ont été déployées dans le village, 500 policiers pour 470 habitants ! Après avoir transféré les archives de la mairie, de la poste et du presbytère, le mobilier de l'école, les voilà qui s'attaquent aux villageois. Les papiers puis les meubles et maintenant les gens.

Le soleil se maintient haut et chaud et la ferme des Chevril sera bientôt dynamitée. Le bruit court qu'ils ont changé d'avis, qu'après avoir acquiescé à l'expropriation et pris l'argent, accepté de vider eux-mêmes leur maison, ils se sont ravisés. C'est que la tragédie a pris forme dans leurs esprits, elle pèse lourd désormais, écrase les cœurs, asphyxie toute pensée, la conscience du désastre est montée en eux comme le mur sous leurs yeux chaque jour, et les deux sont hauts maintenant.

Appelés en renfort, quelques habitants forment une petite troupe, assemblage de curieux et de villageois en colère, assurant un cordon de sécurité autour des Chevril. Il y a d'abord les quatre fils, fourches à la main, mutiques, puis le père derrière, éructant dans un patois inaudible, brandissant une bêche, voués à l'échec. Mademoiselle Gex, l'institutrice, s'interpose, exigeant de négocier avec l'artificier, d'ajourner la destruction, et que le groupe de CRS – dix hommes casqués et armés – recule. L'artificier rappelle, d'une voix mécanique et féroce, que l'eau monte inexorablement, que la cave des Chevril est déjà inondée et que cela devrait suffire à les convaincre. On leur a dit que les habitations seraient brûlées pour éviter que les débris de bois ne détériorent les turbines du barrage, mais ils savent que la vraie raison du feu est bien plus cruelle et sournoise, qu'il s'agit d'effacer toute trace, tout vestige, d'empêcher que Seyvoz devienne un lieu de pèlerinage et de mémoire – la mémoire de leur brutalité. Une fois tous les dix ans, le lac sera vidangé pour entretenir les installations.

Alors que la situation semble figée, le face-à-face suspendu entre les villageois et la police, soudain tout s'accélère, une clameur grandit, la mère Chevril pousse un cri désespéré, ses fils font cercle autour d'elle, puis se mettent en mouvement, fourches tenues à bout de bras, avancent à l'aveugle en direction des CRS qui dégainent aussitôt leurs bombes lacrymogènes et gazent en hurlant de dégager. Ceux de Seyvoz se dispersent dans un nuage piquant et âcre, suffoquant, pliés en deux, abasourdis par la soudaineté de la charge. Le temps qu'ils recouvrent leurs esprits, que Suzanne Gex cesse de pleurer des larmes brûlantes, l'artificier place les charges de dynamite dans la maison et le feu commence de prendre. Les CRS repoussent les villageois quelques mètres plus loin, n'hésitant pas à les tenir en joue. Il ne leur reste plus qu'à assister au spectacle de la destruction. Tandis que partout l'eau monte dans les caves, ici le feu brûle la surface, dévore d'abord la charpente, la grange, puis pulvérise le toit de lauze. L'odeur de mélèze carbonisé envahit tout le village, la fumée noire se répand comme un voile de deuil, sous lequel j'imagine que se signe chaque habitant de Seyvoz.

La nuit suivante, tandis que les Chevril reviennent glaner quelques pierres encore chaudes dans les décombres – pour rebâtir ou pour les jeter à la face des CRS ? –, Suzanne Gex rêve de la catastrophe, de la noyade de Seyvoz. Au matin il pleut dru, comme pour précipiter l'engloutissement, pour qu'on en finisse, pour que l'on puisse se raconter que c'est finalement la nature, ses fureurs imprévisibles, ses débordements aveugles, et non pas la main de l'homme, qui ont fait disparaître leur village. Il leur serait sans doute moins douloureux que tout soit emporté par une crue magnifique, une phénoménale fonte des neiges, un orage inouï, que par la décision abrupte de ministres et d'ingénieurs. La nature ne nous consulte pas non plus avant de défaire les paysages mais elle a la préséance.

C'est le dernier jour et Suzanne Gex s'est réveillée aux aurores, sous un ciel blanc, elle a passé une gabardine sur sa chemise de nuit, est descendue à la cave, intriguée par une odeur de salpêtre et d'humus, le sol était détrempé, couvert d'une pellicule boueuse. Elle est sortie marcher, a d'abord cru à un mirage en apercevant ces dizaines de marmottes détaler dans les rues, elles couraient en tous sens, affolées, désorientées, poussant de minuscules cris aigus semblables à ceux des moineaux, sans doute chassées par la montée des eaux qui les avait expulsées du flanc des coteaux. Suzanne a peut-être pensé qu'ils étaient réunis, bêtes et hommes, dans une même panique à l'approche du fléau, que l'inondation finale était imminente – elle avait maintenant de l'eau jusqu'aux chevilles, une eau lugubre –, que bientôt la route principale ne mènerait plus nulle part, qu'elle conduirait directement dans les profondeurs du lac, un cul-de-sac sombre et liquide, ce lac tout proche désormais, qui avait déjà englouti les petits ponts de pierre, les clôtures, les champs de gentianes et de digitales jaunes.

La retenue de Seyvoz est interdite à la baignade et au canotage mais ceux du coin connaissent les quelques passages à l'aplomb du mur qui permettent d'accéder au lac. Marjorie fait signe à Tomi de la suivre, bouteille d'oxygène sur l'épaule et palmes à la main, deux silhouettes d'un noir intégral, furtives et prudentes, Fantômette et Arsène Lupin en néoprène. Il faut laisser le barrage dans son dos, quitter la route, enjamber un parapet presque effondré à cet endroit puis se laisser glisser sur la pente escarpée, protégé par l'épaisseur de la combinaison, sentir rouler sous ses pieds les cailloux polis par la neige et atterrir enfin sur une large plate, plongeoir idéal, point de départ de l'aventure. Ils enfilent leurs palmes, ajustent les masques, mordent les détendeurs, moulinent des bras, frappent dans leurs mains, encore quelques flexions pour s'échauffer, et s'assoient au bord du promontoire, les corps à touche-touche mais les peaux de caoutchouc devenues insensibles, les jambes dans l'eau bleuâtre. C'est le coup d'envoi : on y va Tomi ? et ils se laissent tomber, bustes à la proue.

Le froid transperce sa combinaison, se répand comme une fine pellicule de gel – il lui faudra quelques minutes pour que la chaleur du corps se rétablisse, qu'elle se diffuse à travers le latex, que les transferts thermiques s'équilibrent. Quand, à la surface, l'eau semble presque gélatineuse, d'un bleu-turquin sans lumière, en profondeur tout s'éclaire, Tomi s'y meut, souple et mobile, Marjorie nage devant, de ses battements de jambes lents et fermes sur lesquels il cale ses mouvements, flotte dans une joie liquide.

À mesure qu'ils s'enfoncent dans le lac, l'eau se peuple d'une faune et d'une flore insoupçonnées, algues immenses et phosphorescentes, longues herbes aquatiques d'un vert émeraude, nénuphars des bas-fonds qui reflètent la lumière, tapis de characées fluo, planctons et lucioles, élodées d'un vert pomme éclatant, une jungle marine étincelante – l'hydroélectricité a-t-elle fait prospérer ce biotope prodigieux ? Là évoluent des colonies de poissons, ombles du Canada reconnaissables à leur bouche fendue et leurs nageoires ventrales échancrées, à leur robe tachetée de marbrures, truites fario argentées, piquées de points rouges, truites arc-en-ciel rosées sur les flancs, carpes dorées et ventrues, et encore d'autres espèces colorées que Tomi ne sait pas identifier mais qui l'escortent, tandis que Marjorie a accéléré la cadence et pris quelques mètres d'avance. C'est alors qu'il entend distinctement le son d'une cloche dans les profondeurs, c'est *Alba* et ses 680 kg d'airain, sa volée claire et énergique, sa sonnerie longue et pure, toute proche, elle se répand dans l'eau du lac, ça carillonne, Tomi ne saurait distinguer l'angélus du tocsin, le glas de l'office, ne saurait dire ce qu'elle annonce, mais le marteau frappe fort contre la robe d'étain et de cuivre, et les poissons ont fui, dispersés comme sous l'effet d'une déflagration, une explosion acoustique dont les débris sonores se propagent en écho.

Marjorie l'a distancé, Tomi ne devine plus que son ombre, l'oscillation métronomique des palmes, il accélère, intrigué, le fond approche, il discerne maintenant une lueur rougeoyante, des crépitements mêlés de bleu et de jaune, comme un départ de feu, une onde de chaleur traverse l'eau, le frôle. Des flammes apparaissent, qui forment un halo cuivré, dansent lentement, basses et sinueuses, éclairent Tomi, et soudain ravivent une image heureuse et mélancolique, un souvenir de théâtre – une pièce de Shakespeare, *La Nuit des rois* lui semble-t-il, vue un soir d'hiver avec cette fille costumière rencontrée dans une fête de nouvel an ; la scène, montée sous chapiteau, était illuminée de lanternes et c'était féerique, les bougies donnaient aux visages ravis et concentrés des teintes dorées de fruits et il avait eu le sentiment de tomber amoureux. Égaré dans sa mémoire radieuse, il se souvient de ce merveilleux décor et de cette fille bêtement perdue de vue.

De nouveau le tintement d'une cloche, elle l'arrache à sa rêverie, reprend de plus belle, vibrante, cette fois c'est *Égalité*, légère, tonique, et elle vient le rappeler à l'instant présent : au fond du lac de Seyvoz, tandis que le feu brûle sous l'eau, les ruines d'un village englouti s'étendent sous ses yeux.

Les braises rougeoient semblables à des feux de détresse, Tomi se glisse entre les amoncellements de pierres rongées par les algues, les charpentes de bois effondrées, les tuiles émiettées, ici une croix rouillée encore debout sur son socle de granit, là une enseigne érodée, *Au Café de la Cordée* ; à mesure qu'il s'acclimate aux profondeurs, qu'il plonge dans la mémoire de l'eau, les vestiges surgissent, éboulis, objets et débris, un poste Radiola, une chaussure de marche aux lacets rouges, un buffet en pin couché sur le flanc, des pioches et des bêches fichées dans la vase, une pierre tombale brisée et couverte de mousse sur laquelle on peut encore lire *Famille Brax*, et plus loin un cadavre de marmotte, étrangement conservé dans l'eau acide, puis un mélèze, noir, intact, dressé tel un mât parmi les ruines. Tomi flotte entre les décombres, devine l'ancienne poste, l'école, l'épicerie, les murs affaissés, les toits détruits, les meubles abandonnés, le clocher de l'église renversé et sectionné en son milieu, un paysage désolé, et soudain le sentiment brutal de sa solitude au fond de l'eau, car Marjorie a disparu.

Il ne sait plus où porter son regard, nage dans une direction puis l'autre, remonte de quelques dizaines de mètres puis redescend, tourne en rond, tâche de contrôler son angoisse, passe sur le dos, bras le long du corps, les yeux vers la lumière du ciel, ralentit, et la voit au-dessus de lui, véloce et agile, immense – une sirène. Propulsée par un ample mouvement de queue, elle disparaît aussitôt, mais Tomi a eu le temps d'apercevoir sa splendide nageoire caudale, vigoureuse, facettée d'écailles aux reflets irisés, azur et émeraude, laissant dans son sillage un léger bouillonnement d'écume, une onde électrique. Dans le silence aquatique, il voudrait appeler Marjorie.

À présent, il nage en économisant ses forces, bientôt la bouteille d'oxygène sera vide, sa palme se prend dans une soutane accrochée aux barbelés d'une ancienne clôture – le vêtement noir flotte dans l'eau comme il claquerait au vent –, il se presse de retrouver la surface, se hisse sur la plate, ôte bouteille, cagoule, palmes, puis monte à flanc de cuvette, ses mains cherchent des prises sur les rochers, plus loin il trébuche, s'écorche un pied, grimpe encore, et une fois atteint le parapet, haletant, lourd, il balaye du regard les alentours, pas de Marjorie, pas de voiture rouge. Il est stupéfait et bientôt partagé entre le sentiment d'avoir été joué – elle était si malicieuse la veille au soir dans le bar – et un mauvais pressentiment. Il récupère ses clés de bagnole sous une pierre puis se dirige vers sa voiture, décidément son seul refuge. Avant d'ouvrir la portière, il défait le haut de sa combinaison, noue les manches autour de sa taille, et ruisselant, il démarre le moteur.

Une fois encore, la route de la vallée. Il roule lentement, prudent, concentré sur l'asphalte, fenêtre baissée, l'air des hauteurs fouette sa peau, et parvenu à l'embranchement de Praz, son cœur est soudain équarri par l'inquiétude : et si elle était restée au fond du lac ? et si elle avait voulu se débarrasser de lui comme d'un témoin gênant ? et si cette sirène n'était qu'un leurre et le miroitement de ses écailles un moyen de l'aveugler ? Arrivé aux abords de Faucelles, il commence à retrouver ses esprits et bifurque vers le Val-Perdu, décidément désert. Au bout du couloir, la chambre 14 émet la pulsation sourde d'un palier de décompression ; sonné, il prend quelques minutes avant de se changer, ses gestes sont lents et méticuleux, il fait son sac et réunit tout ce qui traîne – eau de Cologne, ordinateur, son exemplaire de *L'Éducation sentimentale*.

Maintenant, c'est Paris, laisser derrière lui ces trois jours et sortir du champ. Une fois entré dans la ville, il ira directement rue Drouot où l'attend la statuette sombre aux yeux fendus dont il se demande, alors qu'il referme la porte, si ses pouvoirs protecteurs et maléfiques seront intacts quand il la prendra chez lui, et la fixera au mur de sa chambre tel l'ex-voto secret du village englouti.

Impression de glisser, les virages s'élargissent, la nationale est fluide et le paysage s'arrondit. Son corps s'allège, ses articulations se dégrippent, sa respiration devient plus régulière et, au fur et à mesure que les montagnes s'abaissent, l'apaisement le gagne – trois jours qu'il n'a pas ressenti ça. Bientôt le relief s'écrase, la température s'adoucit, la couleur revient, l'herbe verte des champs, quelques vaches rousses, puis des usines, des entrepôts, des lotissements, c'est la descente, et en Tomi aussi ça redescend. Il éprouve un étrange soulagement, une sensation de calme – Seyvoz le quitte.

Plus tard apparaissent les lumières d'un péage et la certitude qu'au-delà de la barrière s'étend le monde qu'il connaît. La borne automatique lui délivre son ticket et alors que la barre se lève, qu'un passage s'ouvre, Tomi donne un coup d'accélérateur comme pour s'arracher à la force centrifuge de ce lac, s'en défaire. L'autoroute est semblable à une piste d'atterrissage, c'est plat, ultrarapide, absolument horizontal, il file, et dans ce mouvement, le voyage à Seyvoz, ce mur, cette eau immobile, cet hôtel inquiétant, et les événements étranges survenus là-bas, tout cela s'est réduit progressivement, s'est durci, minéralisé, jusqu'à devenir une concrétion, un éclat de roche, ce simple caillou que Tomi glisse dans sa poche.

DE MAYLIS DE KERANGAL

AUX ÉDITIONS VERTICALES

Je marche sous un ciel de traîne, 2000
La vie voyageuse, 2003
Ni fleurs ni couronnes, coll. « Minimales », 2006 ; « Folio » n° 6939
Corniche Kennedy, 2008 ; « Folio » n° 5052
Naissance d'un pont, 2010 ; « Folio » n° 5339
Tangente vers l'est, coll. « Minimales », 2012
Réparer les vivants, 2014 ; « Folio » n° 5342
À ce stade de la nuit, coll. « Minimales », 2015
Un monde à portée de main, 2018 ; « Folio » n° 6771
Canoës, 2021

CHEZ D'AUTRES ÉDITEURS

Dans les rapides, Naïve, 2007 ; « Folio » n° 5788
Pierre feuille ciseaux, photographies de Benoît Grimbert, Le Bec en l'air, 2012
Villes éteintes, photographies de Thierry Cohen, Éditions Marval, 2012
Un chemin de table, Le Seuil, coll. « Raconter la vie », 2016 ; « Folio » n° 6673
Kiruna, La Contre Allée, 2019
Chromes, Imec éditeur, coll. « Diaporama », 2020
Légende des réserves, avec Jean-Philippe Delhomme, Gallimard/Musée d'Orsay, 2021

DE JOY SORMAN

Boys, boys, boys, Gallimard, 2005 ; « Folio » n° 4571
Du bruit, Gallimard, 2007 ; « Folio » n° 4837
14 *femmes. Pour un féminisme pragmatique* (en collaboration avec Gaëlle Bantegnie, Yamina Benahmed Daho et Stéphanie Vincent), Gallimard, 2007
Femmes et sport. Regards sur les athlètes, les supportrices, et les autres (ouvrage collectif dirigé avec Maylis de Kerangal), Hélium, 2009
Gros œuvre, Gallimard, 2009
Parce que ça nous plaît. L'invention de la jeunesse (avec François Bégaudeau), Larousse, 2010
Paris Gare du Nord, Gallimard, coll. « L'Arbalète », 2011
Comme une bête, Gallimard, 2012 ; « Folio » n° 5698
Lit national (avec Frédéric Lecloux), Le Bec en l'air, 2013
La Peau de l'ours, Gallimard, 2014 ; « Folio » n° 6081
L'Inhabitable, Gallimard, coll. « L'Arbalète », 2016
Sciences de la vie, Le Seuil, 2017 ; « Points » n° 4847
À la folie, Flammarion, 2021

éditions inculte, 2022
62, rue du Faubourg-Saint-Antoine
75012 Paris

ISBN : 978-23-60841-39-4

Correction et composition : Aurélie Carpentier

Couverture : Rémi Pépin

Distribution : UD
Diffusion : Actes Sud

Achevé d'imprimer sur les presses de In Tempo en janvier 2022
Dépôt légal : janvier 2022 - Impression : 112719 - Imprimé en France